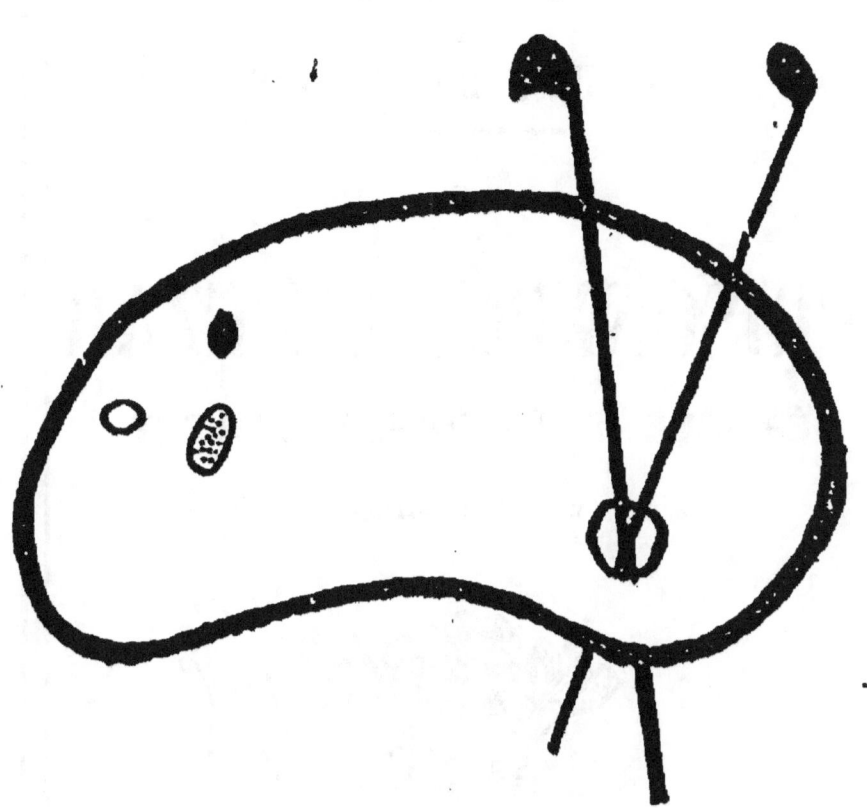

COUVERTURE SUPERIEURE ET INFERIEURE
EN COULEUR

COLLECTION A 1 FR. 50

ŒUVRES
DE
J. GONDRY DU JARDINET

LE

PRISONNIER DU CZAR

ÉPISODE DE LA GUERRE D'ORIENT

DEUXIÈME ÉDITION

PARIS

L'ÉCONOMISTE

AGRICOLE, VITICOLE ET COMMERCIAL
32, rue de Vaugirard, 32
—
1878

LE PRISONNIER DU CZAR

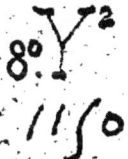

OUVRAGES DU MÊME AUTEUR

LE

PRISONNIER DU CZAR

ÉPISODE DE LA GUERRE D'ORIENT

PAR

J. GONDRY DU JARDINET

DEUXIÈME ÉDITION

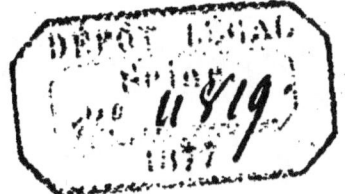

PARIS
L'ÉCONOMISTE
AGRICOLE, VINICOLE ET COMMERCIAL
32, *rue de Vaugirard*, 32
—
1878

LE PRISONNIER DU CZAR

ÉPISODE DE LA GUERRE D'ORIENT

I

Le naufrage.

La guerre d'Orient venait d'être déclarée, et la bataille de l'Alma, en signalant la valeur de l'armée française, avait blessé l'orgueil des Russes, qui se voyaient arrêtés par notre épée au moment même où ils se croyaient déjà maîtres de Constantinople.

La flotte anglo-française se dirigeait vers Sébastopol, dont elle devait faire le siége, lors-

1

qu'elle fut assaillie par une effroyable tempête, qui dispersa plusieurs vaisseaux.

Ce fut en vain que le capitaine de *la Vigilante* et ses matelots firent des efforts inouïs pour se conserver dans les eaux de la flotte ; ils furent forcés de suivre l'impulsion des vents, de carguer les voiles et de marcher à la dérive.

Le ciel se couvre de sombres nuages, qui empêchent les matelots d'apercevoir le danger qui les menace. Les éclairs sillonnent la nue, et tels sont les éclats du tonnerre que la voûte céleste paraît s'écrouler sur les têtes.

Les vagues mugissantes viennent battre les flancs du navire, qui, avec les flots en courroux, semble s'élancer vers le ciel ou s'engloutir dans les abîmes. La mort apparaît dans toute son horreur : il est doublement cruel de mourir éloigné de sa patrie et de sa famille. Dans ce moment suprême la foi renaît dans l'esprit des incrédules : les blasphèmes expirent sur les lèvres lorsqu'on est sur le point de se trouver face à face avec le Tout-Puissant qui nous tient suspendus au-dessus des abîmes.

Après bien des dangers courus et évités, le navire arriva enfin dans une baie, où il fut presque, à l'abri de la tempête qui se calma peu à peu. Les flots, ne recevant plus l'impulsion des vents, déposèrent leur courroux. Le

ciel s'éclaircit et le soleil perça les nuages.
Mais ce calme et cette lumière, loin d'être favorables aux matelots du navire français, causèrent leur perte. Le vaisseau était entré dans
le port d'Odessa.

Les troupes qui gardaient la ville, ayant reconnu un drapeau ennemi, lancèrent aussitôt
des boulets et des obus sur *la Vigilante*.

Le capitaine n'avait pas attendu cette attaque
pour ordonner la manœuvre qui devait opérer
la sortie du navire et sa fuite. Mais les avaries
causées par la tempête, les boulets qui pleuvaient sur le pont, la poursuite de plusieurs
navires russes embossés dans la rade, lui apprirent bientôt qu'il serait forcé d'amener
pavillon.

Dans cette extrémité le capitaine, oubliant
qu'il venait, pendant la tempête, de prier Dieu,
proféra un horrible blasphème.

Les matelots qui se trouvaient encore sous
l'impression des sentiments pieux que le danger
leur avait inspirés, levèrent les yeux vers le
second, dont la piété était connue et respectée
de tous.

Ce blasphème était réellement monstrueux
dans la bouche d'un homme qui venait d'échapper à la mort: c'était, en quelque sorte, un défi
jeté au ciel en guise d'action de grâces.

Aussi le second, comprenant que ce blasphème pouvait être d'un exemple fâcheux, se permit de dire au capitaine :

— Mon capitaine, il me semble qu'au lieu de blasphémer, nous devrions remercier Dieu de nous avoir sauvés du naufrage.

— Dieu ne s'occupe ni des orages ni de la guerre; c'est le Dieu des bonnes gens chanté par Béran.....

Il ne put achever, un obus l'atttteignit. Sa tête roula dans la mer, et ses membres épars furent parsemés sur le pont du navire, à l'épouvante des matelots, qui virent dans cette mort le doigt de Dieu.

Les plus impies murmurèrent une prière.

Le second prit aussitôt le commandement de la frégate. Robert de Montfallon était à peine âgé de vingt-huit ans. Sa haute taille, son esprit distingué, la bonté de son cœur, le faisaient à la fois respecter et aimer de ses inférieurs. Il menait sous les armes une conduite si régulière, sa piété était si sincère, que les plus impies eux-mêmes en étaient frappés et recherchaient sa conversation.

Quoique les difficultés, loin d'abattre son courage ne servissent qu'à l'aiguiser, cependant il savait vaincre cette ardeur lorsqu'elle pouvait avoir des conséquences fâcheuses.

L'étude était son occupation favorite. Aussitôt qu'il eut appris que la guerre d'Orient était déclarée, il se munit des cartes et des volumes qui pouvaient lui donner d'utiles renseignements sur le futur théâtre de la guerre.

L'histoire lui apprit que l'ambition de la Russie est manifeste depuis deux siècles.

On a vu cette contrée, à peine délivrée des ennemis intérieurs qui la tenaient asservie, se développer peu à peu, en soumettant les principautés voisines, tenir tête à la puissance alors redoutable des Suédois et vaincre même leur belliqueux roi Charles XII.

Le génie de Pierre le Grand tira son pays des ténèbres de la barbarie pour faire luire à ses yeux la lumière de la civilisation, et il l'éleva, surtout après la création de la flotte, au rang des grandes puissances européennes. Ni la gloire dont ce prince avait environné son trône et son nom par ses qualités personnelles, par ses réformes et les institutions utiles qu'il créa dans toute la Russie, ni l'immense autorité dont il jouissait ne purent satisfaire son insatiable ambition. Il assuma sur sa tête le soin de conduire les âmes aussi bien que de diriger les rênes du gouvernement.

La malheureuse Pologne a vu les armées de cette puissance ambitieuse envahir son terri-

toire glorieux et assujettir ses valeureux enfants.

La possession de Constantinople était l'objet
des désirs ardents et des propositions réitérées
faites par le czar Alexandre à Napoléon Iᵉʳ,
lorsque ces puissants monarques, au milieu de
leurs armées et agités mollement par les ondes
du Niémen, se partageaient en esprit l'univers.
On connaît la réponse qui fut faite par le génie
extraordinaire qui fut aussi profond politique
qu'illustre capitaine :

— Constantinople! c'est l'empire du monde.

L'un et l'autre concevaient l'avantage de la
position de cette ville située au centre de l'ancien continent.

Ce qui conserve et augmente dans le cœur
des Russes l'espérance de voir leurs projets
réalisés, c'est que l'astre des musulmans, qui
était si brillant à son lever ne projette plus,
maintenant qu'il est sur le point de s'ensevelir
dans la nuit de l'oubli, que des rayons pâles et
livides.

Ils ne sont plus, ces fiers musulmans qui ont
jeté l'effroi dans tous les cœurs, et ont laissé
pour traces de leur passage, des monuments
superbes en ruines, les trésors de la pensée
humaine livrés aux flammes, des flots de sang
témoins de leur fureur et de leur barbarie.

Leurs descendants sont déchus de cette valeur et de cette force irrésistible qui menaça l'Europe d'un envahissement universel.

La corruption des mœurs qui est la suite inévitable de toutes les fausses religions et surtout de celles où la polygamie est en usage, les a amollis en les plongeant dans les jouissances sensuelles.

La Russie voulut profiter de cette faiblesse, et sans l'épée de la France, son empereur régnerait aussi à Constantinople.

Outre ces notions historiques, le jeune et vaillant second avait une connaissance approfondie des forces de terre et de mer de la Russie ainsi que de tous les points du littoral où la guerre et les événements pouvaient le jeter. Ce fut lui qui apprit délicatement au capitaine qu'ils étaient en face d'Odessa et que le danger était imminent.

La mort du capitaine lui donna, avec le commandement, la responsabilité d'une situation fâcheuse qu'il ne s'était pas faite.

Comment devait-il agir?

Se rendre sans combattre, répugnait à son ardeur.

Et cependant l'humanité ne lui ordonnait-elle pas d'éviter l'effusion inutile d'un sang généreux?

Soit effet de l'adresse des pointeurs russes, soit hasard, deux boulets tombant successivement sur le flanc du navire français à un endroit qui était déjà fortement maltraité, causèrent de telles avaries, que les matelots se seraient crus perdus si les navires ennemis dont ils redoutaient tant l'atteinte quelques instants auparavant, ne se fussent transformés à leurs yeux en sauveurs dans ce nouveau péril.

Le jeune capitaine, comprenant qu'il était impossible de lutter plus longtemps contre la mauvaise fortune, hissa le drapeau parlementaire.

Les navires ennemis cessèrent aussitôt le feu et recueillirent à leur bord l'équipage français menacé par les flots envahissants.

Robert de Montfallon quitta le dernier le navire et empêcha, par sa sollicitude, les fâcheux accidents que la précipitation cause trop souvent au moment du danger. A peine eut-il quitté le bord, que le navire coula dans la profondeur des abîmes, au grand désappointement des Russes, qui avaient espéré un instant pouvoir garder cette prise et s'en faire un trophée.

Lorsque les marins se virent en sûreté, ils éprouvèrent d'abord une satisfaction bien naturelle à tout homme qui a eu la mort en perspective; mais cette satisfaction fut de courte durée. On les invita impérativement à rendre leurs armes.

Ce désarmement ne se fit pas sans quelque résistance. Plusieurs marins sentirent rouler dans leurs yeux des larmes amères en voyant passer entre des mains ennemies leurs haches redoutables.

Mais ce n'était hélas! que le commencement de leurs maux. Le gouverneur d'Odessa était un homme vain et sans cœur. Fier du succès qu'il ne devait qu'au hasard et à la tempête, il voulut faire admirer à toute la ville l'équipage prisonnier. Sans pitié pour le malheur, il ordonna de conduire les Français par les rues principales de la ville en passant devant son palais.

L'orgueil du gouverneur eut un autre effet fâcheux pour les infortunés marins. C'est qu'on les renferma dans une prison malsaine et inhabitée depuis longtemps, qui se trouvait à l'extrémité de la ville.

Qui pourrait peindre la douleur dont étaient affligés l'esprit et le cœur des prisonniers! En un jour, ils s'étaient vus passer de la liberté, de la joie, du bonheur, dans la plus affreuse captivité. Ils se rappelaient avec tristesse les personnes, les objets les plus chers dont ils étaient séparés peut-être pour toujours. Les

uns versaient des larmes à la pensée d'un vieux
père, d'une vieille mère dont ils étaient les
uniques enfants; d'autres regrettaient les agréables vallons, les sites pittoresques où ils
avaient passé leur enfance, au milieu de leurs
frères et de leurs sœurs ; tous pensaient avec
douleur à la patrie, qui est si chère aux personnes que la nature a douées d'un cœur généreux. La patrie ferait vainement appel à leurs
bras !

Pour comble de malheur, les Russes eurent
l'incurie ou la cruauté de laisser leurs prisonniers sans nourriture pendant vingt-quatre
heures. Comme les préoccupations de la tempête avaient en outre supprimé un repas sur le
vaisseau, un grand nombre de marins, accablés
par les peines de l'esprit et les fatigues du
corps, tombaient exténués sur la pierre qui
leur servait de siége.

Deux marins, qui relevaient de maladie et
qui venaient d'entrer en convalescence, furent
surtout accablés. Leurs visages étaient pâles
et livides; une sueur froide ruisselait de tous
leurs membres; leurs regards abattus et mornes
restaient fixés sur la terre; leurs bras pendaient
immobiles; tout enfin respirait en eux la douleur et inspirait la pitié.

La vue de ces deux infortunés perça le cœur

compatissant de Robert de Montfallon, que ses sentiments religieux rendaient plus généreux encore. Quoiqu'il fût lui-même accablé par les émotions et la faim, il leur accorda d'abord quelques bribes d'aliments dont il pouvait disposer ; puis, se faisant frère quêteur, il calma encore leur faim pour quelques heures ; enfin il versa tout l'or qu'il possédait afin de décider un marin à céder un morceau de pain à ces infortunés.

Mais le pieux capitaine n'accordait pas seulement à ces malheureux les secours temporels, il leur parlait du ciel et des souffrances de l'Homme-Dieu. Ses soins eurent leur récompense : des larmes de reconnaissance mouillèrent ses mains généreuses, et l'un de ses marins que la mauvaise conduite avait rendu impie, se repentit à la vue du dévouement inspiré par la religion qu'il avait tant de fois blasphémée.

Pendant que Robert de Montfallon se dévouait pour sauver le corps et l'âme de ces infortunés, on vint lui apprendre que plusieurs marins, voulant en finir avec les souffrances, se disposaient à se donner la mort. C'étaient des disciples d'Epicure égarés par les déclamations des libres penseurs.

S'étant rendu à l'endroit qu'on lui avait indiqué, le jeune capitaine assembla les marins, et tenta de relever tous les courages par quelques paroles dans lesquelles respiraient à la fois son invincible énergie et les sentiments pieux qui devraient toujours animer des marins français et catholiques.

« Notre malheur est grand, dit-il : nous sommes privés de la liberté, et, comme si les douleurs morales ne suffisaient pas, nos geôliers y joignent encore les souffrances matérielles.

» Mais soyons plus forts que le malheur et montrons à nos ennemis que c'est en vain qu'ils veulent nous accabler.

» Non, il ne sera pas dit que de valeureux marins qui ont affronté les plus grands périls, la mort même, n'ont pu supporter avec courage les épreuves de la captivité et l'aiguillon de la faim.

» Si nous ne trouvons pas assez de force en nous-mêmes, recourons à Celui qui est tout-puissant et qui a délivré le premier apôtre de la prison où il était chargé de chaînes et entouré d'un grand nombre d'ennemis.

» Faisons comme saint Pierre, prions notre Père céleste, dont la miséricorde est infinie. Il aura pitié de nous si nous en sommes dignes, et nous donnera une marque de sa divine protection. »

Le capitaine tomba à genoux et pria; ses marins l'imitèrent.

Dieu, voulant sans doute récompenser la foi du jeune capitaine, fit qu'au moment où les marins terminaient leur prière la porte, s'ouvrit devant des gardiens russes qui apportaient la nourriture si désirée.

Tous les visages s'épanouirent à cette vue.

Mais lorsque les marins eurent réparé leurs forces par la nourriture et le repos, leur esprit, qui, pendant la faim, n'était préoccupé que de l'aiguillon qui les pressait, leur fit envisager la situation qui leur était faite et l'avenir qui les attendait. Ne seraient-ils pas envoyés dans les steppes glaciales de la Sibérie?

Cependant les ombres de la nuit enveloppèrent peu à peu la terre. Mais tandis que le sommeil calmait les soucis, tout à coup la porte de la prison s'ouvrit avec fracas, et une troupe de soldats, les glaives étincelants à la main, apparurent aux yeux des marins épouvantés.

La foudre fût tombée aux pieds des prisonniers que leur terreur n'eût pas été plus grande. Ils crurent qu'ils touchaient à leurs derniers moments. Les uns cherchaient des objets pour se défendre; d'autres imploraient la pitié des soldats; plusieurs semblaient paralysés et fixés à leurs places; les plus pieux levaient les mains au ciel, priaient et offraient leur vie en expiation de leurs fautes.

Robert de Montfallon, seul, montrait un courage à toute épreuve. Ses actes n'ayant que la vie future pour mobile, il ne craignait jamais la mort.

L'effroi des prisonniers fut à son comble lorsque le chef de l'escorte russe ordonna à ses soldats d'armer leurs fusils.

Il déclara ensuite que tout prisonnier qui tenterait de fuir ou de se défendre tomberait aussitôt mortellement atteint.

Cette menace était, même dans sa cruauté, moins effrayante que l'ordre d'armer les fusils, ordre qui présageait un massacre général.

La crainte des prisonniers diminua peu à peu lorsqu'ils virent qu'on les faisait sortir de la ville.

Ils marchèrent longtemps en silence et firent plusieurs lieues sans savoir ni où ils passaient, ni où on les conduisait.

— Soyez sans inquiétude, disait à voix basse le jeune capitaine, à ceux qui lui témoignaient leur crainte sur le sort qui les attendait au terme de leur voyage. Les Russes ont intérêt à nous conserver la vie. Combien de soldats moscovites sont déjà tombés aux mains de la

France, à la bataille de l'Alma! On craindrait de sanglantes représailles.

Après une journée de marche, les prisonniers se trouvèrent auprès d'un château entouré d'un parc immense. Ce domaine appartenait au gouverneur d'Odessa, qui, dans son avarice, avait pensé à utiliser les bras des prisonniers, en attendant que l'Empereur décidât de leur sort. Ce seigneur était dévoré par une ambition sordide, que ne tempéraient pas les sentiments religieux, car il avait été imbu de mauvais principes dans la maison paternelle. Quelle responsabilité pèse sur les pères de famille qui, au lieu de préserver leurs enfants des périls qui les menacent dans l'incertitude de la vie, leur donnent l'exemple du mal!

L'intendant du gouverneur était digne de l'humeur chagrine et altière du maître. Rien ne pouvait le satisfaire. Tout lui portait ombrage.

Que de fois ne vit-on pas les prisonniers, après avoir travaillé depuis le moment où le crépuscule paraissait à l'horizon jusqu'à ce que l'astre du jour eût atteint la moitié de sa course, obtenir pour toute nourriture un peu de pain et quelques légumes malsains arrosés d'eau, que les malheureux en sueur devaient encore aller chercher eux-mêmes, pendant leur repas, dans des réservoirs souvent éloignés de leurs travaux.

Les derniers rayons du soleil trouvaient toujours ces infortunés sous le poids de leurs rudes labeurs et menacés des verges de leurs cruels surveillants.

Lorsque leur travail était enfin terminé, au lieu de se retremper dans les joies de la famille et le doux repos qui leur était si nécessaire pour réparer leurs forces, ils essuyaient les mauvais traitements de leurs gardiens et reposaient, sur une paille fétide, ayant une pierre pour oreiller. Qu'importait la vie de ces hommes au gouverneur d'Odessa et à son digne intendant! Il fallait surtout obtenir d'eux, pendant le court espace de temps qu'ils seraient en leur pouvoir, la plus grande dose de travail, avec le moins de nourriture possible.

Robert de Montfallon montrait un courage à toute épreuve dans ses souffrances et une douceur inaltérable au milieu des tracasseries des gardiens, qui s'acharnaient sur lui à cause du respect que les marins lui témoignaient même dans les fers.

Cependant le jeune capitaine n'était pas sans ressentir aussi le poids de l'esclavage. Mais il avait assez d'énergie et de dévouement pour cacher à ses compagnons d'infortune une tristesse qui aurait achevé de les décourager. Ce qui l'affligeait surtout, c'était la vue des prisonniers, la plupart exténués de fatigue, courbés sous les plus rudes travaux. Cette vue lui arrachait des larmes d'indignation, qu'il dévorait en silence.

Quelle n'est pas la douleur d'un cœur né grand et généreux de voir l'homme, ce roi de la nature, ravalé au rang de la bête de somme!

L'affection que lui témoignaient ses compagnons d'infortune et les petits services qu'il s'efforçait de leur rendre, en les encourageant surtout à supporter courageusement leurs souffrances, lui faisaient oublier à lui-même sa captivité et ses douleurs. De même que le voyageur égaré voit avec bonheur briller au milieu des ténèbres une lumière même fugitive qui donne un but à ses pas, ainsi l'affection de ses compagnons lui rendait sans cesse une énergie nouvelle. Son but était le soulagement des êtres formés à l'image du Créateur.

Mais cette affection et ce respect même allaient appeler la mort sur sa tête.

Cette estime générale irrita l'intendant. Ce cœur jaloux et ambitieux, qui ne faisait rien que dans son intérêt personnel, croyait que toute autorité qui ne se rapportait pas à lui comme à son centre était coupable. Aussi n'y eut-il pas

de tracasseries, de mauvais traitements qu'il ne
fit essuyer à Robert de Montfallon. Souvent on
lui voyait lancer sur sa victime des regards hai-
neux et irrités.

Enfin il résolut de se débarrasser de cet
objet odieux. Il chargea l'exécuteur de ses
crimes les plus secrets d'attirer Robert dans
un lieu isolé et de le massacrer.

Ce misérable chercha en vain pendant plusieurs jours à mettre ce coupable projet à exécution.

Enfin il remarqua que le pieux capitaine
aimait à s'écarter dans un lieu solitaire.

Il le suivit. Mais là, quel spectacle s'offrit
aux regards étonnés de ce bandit!

II

Le bandit.

L'assassin vit le jeune capitaine agenouillé devant une croix qu'il avait faite de ses propres mains et en face d'une image de la mère du Sauveur que lui avait donnée sa tendre mère, le jour de son départ pour la guerre d'Orient. Frappé d'étonnement, le bandit prêta l'oreille aux paroles que prononçait le jeune, vaillant et pieux marin.

« Seigneur, disait-il, ayez pitié de nos malheurs, venez à notre aide. Quoique nos souffrances soient la juste punition de nos fautes, ouvrez-nous, ô mon Dieu, les trésors de votre miséricorde, par les mérites de votre divin Fils, mort pour nous sur la croix.

» O Dieu de toute justice, s'il faut une victime en expiation de nos péchés, épargnez mes compagnons d'infortune; il me sera doux de mourir en pensant que je les sauve d'une ruine totale.

» Pardonnez aussi à cet intendant mal éclairé qui croit servir son maître en augmentant nos souffrances. O Marie, ô vous dont l'âme a été saturée de douleurs, intercédez pour nous. »

Un profond silence succéda aux doux accents de cette voix qui s'élevait vers le ciel.

L'assassin lui-même fut ému.

Mais l'hésitation passagère que ce misérable avait d'abord éprouvée sous l'impression de cette tendre piété, de ce dévouement à ses compagnons d'infortune, de ce pardon des injures, se dissipa bientôt à la pensée du lucre, de la récompense promise au meurtre.

L'émissaire, certain désormais de savoir où frapper le jeune capitaine, alla raconter à son maître le résultat de ses recherches criminelles.

« Dans vingt-quatre heures, disait-il, le marin aura cessé de vivre. »

Une joie maligne effleura l'âme du cruel intendant, il allait enfin assouvir sa vengeance. Quel n'est pas le degré de bassesse et de méchanceté où tombent les hommes que la cruelle envie

déchire de sa dent venimeuse! Cette passion les
empêche de jouir des plaisirs purs qui viennent
les chercher. Rien ne les satisfait : le jour, ils ne
peuvent voir sans souffrir l'objet qu'ils haïssent
et qui les blesse ; la nuit, ils sont dévorés par
un ver rongeur : le sommeil fuit leurs paupières.

La vengeance est partout et toujours le seul
objet de leurs pensées. Tantôt un sourire d'amère
satisfaction effleure leurs lèvres, ils ont entrevu
le moyen de se venger ; tantôt ils grincent des
dents et lancent des regards farouches, c'est
qu'un obstacle s'offre à leurs projets.

L'intendant ne tarda pas à donner ses ordres
sanguinaires à son sicaire, qui, pour assurer son
crime, devait chercher un complice. « Vous le
mettrez à mort, ajouta-t-il, au moment où il
adressera ses folles prières à son Dieu, qui ne
l'arrachera pas de nos mains. Allez, et ne repa-
raissez pas devant moi sans m'apporter sa tête. »

Deux jours s'étaient à peine écoulés que cet
infâme projet était en voie d'exécution. Et cependant, ce jour-là, tout dans la nature appelait le calme, le repos, les idées sereines : les
fleurs exhalaient, en s'épanouissant, les doux
parfums que le Créateur leur a accordés pour
la satisfaction de l'homme ; la rosée dégouttant
des feuilles, réfléchie par les rayons du disque
éclatant, tombait en brillantes perles ; les oi-

seaux charmaient les oreilles de leurs chants
mélodieux.

Ces beautés, ces chants naturels appelèrent
l'attention de Robert de Montfallon, qui avait
devancé l'aurore pour prier à son sanctuaire la
Mère des douleurs. Les souffrances passées, les
peines présentes et les maux qui le menaçaient
s'effacèrent un instant de son esprit. Il ne pen-
sait qu'à la bonté du Créateur.

Dans son enthousiasme, il ne s'aperçoit pas
que trois hommes à figures sinistres le suivent
de loin, mais sans le perdre un instant de vue.

Arrivé au modeste sanctuaire de la Madone
formé de quelques branches d'arbre, Robert
prie avec ardeur et demande à Dieu de veiller
sur sa vieille mère, sur sa jeune sœur dont il est
l'appui. Il offre ses souffrances pour leur épar-
gner les peines qui sont si nombreuses dans
cette vallée de larmes...

Soudain sa prière est interrompue par le
bruit de branchages qu'on écarte violemment,
et il voit un poignard que l'un des assassins
dirigeait contre son sein.

C'en était fait si l'habitude du combat ne lui
eût permis d'éviter l'arme meurtrière en se jetant brusquement de côté. Le brigand, qui avait
donné une force d'impulsion extraordinaire à
son bras pour atteindre plus fortement sa vic-

time, ne rencontrant pas d'obstacle, frappant dans le vide, roula aux pieds du courageux marin, qui enleva aussitôt à l'autel une des pièces dont il était formé.

Cette chute inattendue fit hésiter les deux autres brigands qui furent à l'instant pressés par l'attaque de Robert. Notre vaillant marin savait manier le bâton comme un maître d'armes. Il fit sauter le poignard de l'un des deux brigands, et avant que l'autre eût pu l'atteindre il paralysa son action par un coup violent sur la tête. Effrayés, ils prirent tous deux la fuite.

Malheureusement, pendant cette lutte, Robert ne pouvait pas assez surveiller les mouvements du brigand qui l'avait le premier attaqué. Au moment où il se retournait satisfait du résultat du combat, il ressentit une violente douleur au bras gauche. C'était l'arme du bandit qui venait de faire son office.

Dans sa douleur et sa colère, Robert brandit son bâton et en asséna un coup violent sur la tête du brigand, qui fut étendu sans mouvement à ses pieds.

Telle était la bonté du pieux marin qu'il regretta quasi cet acte violent d'une défense bien naturelle et bien juste.

Son cœur compatissant le porta aussitôt à secourir son ennemi. Il lui prodigua les soins les plus empressés. L'évanouissement était assez profond, quoiqu'il fût plutôt l'effet de la frayeur que de la blessure.

Enfin il parvint à rendre à son ennemi l'usage de ses sens.

Le brigand jeta autour de lui des regards effarés. La vue de son sauveur surtout l'effrayait.

Ce malheureux fut enfin ému de la bonté, de la sollicitude de celui qu'il avait voulu assassiner; son cœur, rendu insensible par l'habitude du crime, se fondit à la chaleur de la charité chrétienne, et lorsque Robert lui demanda pour quel motif il avait voulu l'assassiner, il lui apprit l'horrible secret de la haine de l'intendant et ses ordres sanguinaires.

Cette révélation présageait à Robert de nouveaux malheurs.

III

La révolte.

La colère, la haine, le désir de vengeance de l'intendant furent à son comble lorsqu'il apprit que la tentative d'assassinat avait échoué devant l'innocence placée sous la protection de la Mère de Dieu.

Il exhala d'abord sa colère contre ses sicaires ; il les aurait punis sévèrement s'il n'avait craint de les irriter, s'il n'eût pas eu à redouter les révélations terribles des exécuteurs de ses crimes.

Son esprit roula de nouveaux projets de vengeance.

2

En attendant qu'il pût atteindre directement le jeune capitaine, il le blessa au cœur, en resserrant les chaînes de la captivité de ses malheureux compagnons d'infortune. Les heures de leur laborieux travail furent augmentées, et pendant la nuit les gardiens troublaient sans cesse leur repos.

Mais c'était surtout à Robert de Montfallon que les vexations des gardiens s'adressaient. Il s'efforçait en vain de satisfaire par son exactitude, son courage et sa douceur, ces tigres qui avaient soif de son sang et qui roulaient sans cesse sur lui des regards irrités.

Ce que le pieux capitaine regrettait surtout, c'était de ne plus pouvoir invoquer Marie dans le petit sanctuaire de feuillage qu'il lui avait élevé et que l'intendant avait fait abattre.

Pour comble de malheur, un incident attira sur lui la colère de l'intendant en donnant à cette sévérité une apparence de justice. Robert allait boire jusqu'à la lie la coupe des souffrances.

Un ciel clair et serein avait permis au brillant astre du jour de darder sans obstacle ses rayons enflammés. Les prisonniers étaient exténués de fatigue, et cependant on ne leur accordait aucun repos.

Un marin, estimé de tous, qui avait vieilli au milieu des labeurs de la mer, et montré plusieurs fois, au champ d'honneur, sa valeur dans les combats et sa générosité après la victoire, accablé par l'âge, les privations et les fatigues, tomba affaissé sous le poids des souffrances. Au lieu des soins empressés dont on eût dû l'entourer, des coups de fouet redoublés, qui retentissaient dans le cœur de ses compagnons d'infortune, le forcèrent à se relever. Mais à peine eut-il fait quelques pas encore qu'il tomba évanoui. Les coups de fouet le cinglèrent.

Exaspérés de cette barbarie, les prisonniers se jettent sur le gardien, lui arrachent son fouet et le forcent à prendre la fuite.

Leur exaltation se transforme en fureur qui ne connaît plus de bornes. La saine raison effrayée s'enfuit à leur aspect. De même qu'un fleuve que la main de l'homme contrarie dans son cours et forcé de couler hors de son lit naturel, rompt enfin la digue qui s'oppose à ses efforts, roule avec fureur ses flots impétueux et renverse tout sur son passage, ainsi on voit les prisonniers secouer leur joug, s'armer de tout ce qui tombe sous leurs mains et poursuivre tous les gardiens du château.

L'intendant, averti, par leurs cris menaçants et par ses gardiens en fuite, du danger qui le menace, ne sait quelle résolution prendre. Plus l'homme est cruel lorsqu'il se croit sans péril, plus la lâcheté s'empare de lui quand il est atteint par le malheur.

Enfin l'intendant donne l'ordre de fermer les portes du château et de préparer la résistance. Mais ses serviteurs, aussi cruels et aussi lâches que lui, ont déjà pris la fuite.

Personne ne répond à sa voix, et cependant les cris redoublent et approchent. Il se sent défaillir : ses genoux chancelants se dérobent sous lui, une sueur froide couvre son visage, ses yeux sont obscurcis par la frayeur.

Il est là, immobile, frappé de stupeur.

Soudain, les prisonniers entrent dans la cour du château en poussant des cris de mort.

La vue du danger qui le menace lui donne une ardeur factice; il prend la fuite.

Les plus tristes pensées accablaient son esprit et déchiraient son âme. Le château de son maître allait devenir la proie des révoltés, qui, après l'avoir pillé, le livreraient peut-être aux flammes. Il était à craindre que le gouverneur ne fît retomber sur lui le désastre de sa propriété.

Cette pensée terrible lui fournit toutefois un élément de salut, élément bien précaire, il est vrai! Mais le naufragé ne fait pas choix de la planche qui s'offre à lui, il l'accueille avec bonheur. L'intendant, arrivé à une des fermes dépendantes du château, fait seller un cheval et se dirige à toutes brides vers Odessa. Il espère ainsi devancer toute accusation dans l'esprit de son maître et arriver assez tôt avec des troupes pour empêcher la destruction du domaine.

Chemin faisant, une pensée infernale le fit sourire. Cette révolte lui fournissait le moyen de se venger de Robert. Il l'accuserait d'être le promoteur de l'insurrection.

Tandis que l'intendant fuyait le château dont on lui avait confié la garde, Robert, qui travaillait à l'extrémité du domaine, ayant appris la cause des cris qui frappaient son oreille, s'élança vers le centre du tumulte, pour empêcher, s'il en était temps encore, que ses malheureux compagnons d'infortune ne se livrassent à des excès dont ils ne tarderaient pas à se repentir.

Quel spectacle s'offrit à ses yeux !

Ses marins, le regard effaré, les cheveux en désordre, brandissaient au-dessus de leurs têtes les instruments de travail qui devenaient entre leurs mains des armes redoutables.

Les uns voulaient piller le château et le livrer ensuite aux flammes; d'autres opinaient pour qu'on prît aussitôt la fuite; quelques-uns enfin, ne sachant pas mesurer leurs forces et les obstacles à vaincre, prétendaient même qu'il ne

2.

serait pas impossible de s'ouvrir un passage, les armes à la main, à travers la Russie.

Aussitôt l'arrivée de Robert, tous jetèrent sur lui un regard interrogateur et attendirent de sa bouche la décision qu'il fallait prendre.

« Amis, dit-il, compagnons d'infortune, le malheur qui nous accable m'est d'autant plus sensible que je vous vois sur le point d'y mettre le sceau par votre juste colère et par votre ardeur à venger l'affront sanglant et inhumain que nous venons de subir.

» Oui, la liberté est pour moi comme pour vous le plus cher objet de mes vœux. Mais pour atteindre ce but, employons-nous les vrais moyens? Ne nous jetons-nous pas plutôt dans le gouffre béant prêt à nous engloutir? Ne voyez-vous pas que le château, devenu la proie des flammes et réduit en cendres, ne vous sauvera point du péril qui vous presse? Ces ruines ne feront qu'exciter contre nous nos cruels ennemis; ils auront un prétexte plausible de nous accabler sous le poids de la servitude. La flamme vengeresse s'allumera contre nous, et alors nous n'aurons plus comme égide, dans nos souffances, la paix que procure, même au milieu de la plus rude adversité, une âme pure, une conscience tranquille.

» Quel ne serait pas l'opprobre dont nous cou-

vririons le grand nom de Français que nous por-
tons, si nous nous livrions à des excès regrettables! Voulez-vous que notre patrie rougisse
de nos actes et ne nous reconnaisse plus pour
ses enfants?

» Je connais assez votre grandeur d'âme pour
affirmer que vous préféreriez cent fois les souffrances d'un injuste esclavage, la mort même,
à la honte d'un acte blâmable.

» Mais, me diront peut-être quelques-uns
d'entre vous, nous pouvons au moins échapper
par notre courage à la servitude.

» Amis, vous m'avez vu souvent à votre tête
au milieu du danger. La mort ne m'a jamais
fait pâlir. Mais c'est qu'alors mon courage pouvait être utile. Aujourd'hui nous nous expose-
rions sans fruit à une mort certaine. Ne nous
formons pas des idées chimériques sur notre situation. La distance qui nous sépare des pays
limitrophes de la Russie est de cent lieues.
Comment croire que nous puissions parcourir
cet espace immense, sans armes, sans vivres,
sans munitions!

» Eloignons la colère, et que la réflexion
guide nos pensées.

» La ville d'Odessa n'est pas éloignée, et les
troupes du gouverneur tomberont sur nous
avant que nous ayons pu nous procurer des
armes.

» Il est impossible aussi de prendre séparément la fuite. Avant d'atteindre la frontière, nous tomberions dans les piéges qui seraient tendus partout sous nos pas. La famine dévorerait ceux qui échapperaient aux fers.

» La fuite est donc aussi impossible qu'elle nous serait funeste, et nous serions victimes des actes dévastateurs que nous pourrions exercer contre le château.

» Ne donnons pas à nos ennemis un motif réel de resserrer nos chaînes. Et dans nos douleurs, jetons nos yeux sur la croix : la vue de l'Homme-Dieu crucifié nous enseigne à souffrir. »

Tout rentra peu à peu dans le calme accoutumé, et chacun reprit en silence la tâche qui lui avait été assignée.

On aurait peine à croire à un changement aussi subit si l'on ne savait déjà que Robert avait su gagner tous les cœurs par sa douceur et sa bonté; si la sagesse de ses conseils n'eût inspiré la confiance; si l'habitude de l'obéissance n'avait pas suivi les matelots même dans la servitude; si tous n'eussent été persuadés que leur capitaine souffrait bien plus qu'eux-mêmes de la captivité. Ils savaient que leur bonheur était surtout l'objet de ses vœux.

IV

Le coup de Jarnac.

— Tout va bien, colonel, disait à voix basse l'intendant, qui se glissait comme un reptile derrière les moindres abris en approchant du château.

— C'est étrange, répondit le colonel; on n'entend pas le moindre bruit. Vous disiez cependant que le château était devenu la proie de ces forcenés; vous craigniez même qu'ils ne le réduisissent en cendres.

Auraient-ils pris la fuite?

— Cela est possible. Mais je crois plutôt qu'ils ont vidé les caves du château et qu'ils sont ivres morts.

En parlant ainsi, l'intendant, suivi du colonel et des soldats, qui s'avançaient en amortissant leurs pas, arriva à une porte dérobée dont il portait toujours la clef sur lui.

Avant d'ouvrir, l'intendant écouta avec la plus grande attention, dans l'espérance de percevoir un bruit quelconque qui l'éclairât sur la situation.

Son attente fut déçue.

Enfin il entr'ouvre la porte, puis il s'écarte sous prétexte de faire au colonel et aux soldats les honneurs du logis, mais en réalité parce qu'il craint encore de tomber dans un piége tendu par les insurgés.

Bientôt le château est envahi; mais toutes les recherches sont vaines.

— Je l'avais bien prévu, dit le colonel, ces misérables ont pris la fuite.

Marchons à leur poursuite, fit-il d'un air martial, comme s'il allait risquer sa vie dans une lutte mortelle.

Et il sortit du château accompagné des soldats qui l'entouraient.

Il allait donner l'ordre de sonner du cor lorsqu'il rencontra l'intendant, qui, ayant repris courage après l'insuccès des recherches, avait dirigé ses investigations vers la campagne.

Quel n'avait pas été son étonnement de voir les

prisonniers courbés sous le poids du travail, comme si les gardiens les menaçaient du fouet.

Il se crut l'objet d'une hallucination et poussa un cri d'étonnement.

Ce fut en ce moment que le colonel arriva auprès de lui.

A la vue des prisonniers laborieux et tranquilles, le colonel jeta d'abord sur l'intendant un regard interrogateur, où perçait la défiance.

L'intendant, comprenant combien le calme et le travail des prisonniers rendaient sa situation fausse, trouva dans sa haine contre Robert de Montfallon un moyen de se venger et de donner au capitaine russe une explication quelque peu plausible :

— Tout ceci, dit-il, est encore le fait de ce maudit Robert de Montfallon. Il aura compris sans doute que la rébellion ne tarderait pas à être sévèrement punie, et, pour éviter le sort qui l'attend, il fait maintenant du zèle. Mais j'ai sur moi un arrêt du gouverneur qui, en état de siége, juge en dernier ressort.

Colonel, arrêtez cet homme nuisible, ce brandon de discorde, ce promoteur de révolte et d'incendie. Dirigez-le vers la Sibérie, où la justice du czar lui laissera le temps de méditer sur ses forfaits et de les expier sous le knout.

Cependant le colonel ne s'empressa pas

d'agir. C'est que, pendant la déclaration pompeuse de l'intendant, il avait fait quelques réflexions, qu'il exprima en ces termes :

— Monsieur l'intendant, ces hommes ont l'air martial ; mais ils ne paraissent nullement animés de mauvaises intentions, et si...

— Si vous le voulez bien, colonel, vous vous expliquerez plus tard à ce sujet avec M. le gouverneur. Vous lui direz qu'il ne sait pas juger sainement des choses. Mais, en attendant, vous connaissez l'ordre, et...

— C'est bien ; laissez-moi.

Le colonel s'avança lentement vers les prisonniers. Il comprenait instinctivement qu'il était l'agent forcé de quelque machination. Puis il était soldat : il lui répugnait de sévir contre un collègue, fût-il même ennemi, lorsque la culpabilité lui semblait bien problématique.

Quand il fut arrivé auprès des travailleurs, il demanda Robert de Montfallon.

— C'est moi que vous cherchez, colonel, répondit aussitôt Robert, qui s'était placé au premier rang afin d'éviter tout conflit, et d'être exposé le premier au péril, s'il s'offrait à eux.

Le visage franc et ouvert de Robert intéressa le colonel russe qui lui dit avec déférence :

— Capitaine, je désirerais vous entretenir

pendant quelques instants en particulier.

— Je suis à vos ordres, colonel, repartit Robert.

Et ils s'éloignèrent.

Après quelques instants de silence, le colonel russe, faisant un effort sur lui-même, dit d'une voix qu'il s'efforçait de rendre ferme, mais où perçait l'émotion et la pitié :

— Capitaine, j'ai une mission pénible à accomplir ; mais vous êtes soldat, et vous m'excuserez.

J'ai l'ordre de vous arrêter.

— Faites, colonel, répondit Robert avec calme, quoiqu'il fut ému de se séparer de ses compagnons d'infortune et de les laisser seuls en face des souffrances, sans conseil et sans consolations.

Cette pensée lui fit ajouter :

— Je vous prie, colonel, de ne rien manifester devant mes malheureux compagnons, qui pour me défendre pourraient se livrer à des excès que vous seriez forcé de réprimer et de punir.

— Il sera fait selon votre désir, capitaine.

— Où me conduirez-vous, colonel ?

Comme le colonel hésitait à répondre, Robert reprit :

3

— Ce que vous avez à me communiquer est donc bien redoutable?

— Hélas!

— Mais puis-je vous demander quelle accusation pèse sur moi?

— Vous êtes inculpé de rébellion.

— Et qui m'accuse?

— Je l'ignore.

— L'intendant sans doute!

— Il me le semble comme à vous, capitaine.

— Et voilà comment on me sait gré d'avoir sauvé le domaine de la juste colère de mes compagnons irrités des mauvais traitements qu'ils subissent. Je me justifierai.

— Il est regrettable qu'on vous ait condamné sans vous entendre et que je sois forcé de...

— De me diriger vers... ·

— La Sibérie.

Quoique Robert fût courageux, il ne put entendre cette sentence sans être fortement ému.

Condamné à la même peine que les forçats!..

Mais il leva les yeux au ciel. Son calvaire lui parut encore bien doux en face de celui du Christ.

Du ciel ses pensées se reportèrent enfin sur la terre et il dit :

— Colonel, je suis à vos ordres.

V

L'espion.

— Capitaine, nous approchons de Varsovie,
ma patrie chérie, de Varsovie, privée comme
vous de la liberté.

Ah! ces Russes maudits ne se contentent pas
de nous réduire en esclavage, ils nous forcent
encore à devenir geôliers.

Si je n'avais pas une femme et des enfants, qui
n'ont que moi pour soutien, je vous dirais :
Capitaine, voilà la liberté; que m'importe une
vie d'esclavage?

— Merci, mille fois merci, lieutenant, de
votre compassion, de vos soins empressés pendant ce long et pénible voyage d'Odessa à Varsovie.

Plaise au Ciel que vous soyez désigné pour m'accompagner jusqu'en...

Robert de Montfallon ne put achever.

L'existence douloureuse à laquelle il était condamné lui semblait pire que la mort.

C'était une mort de tous les jours, de toutes les heures, de tous les instants.

— Espérons capitaine. Dieu ne châtie que ceux qu'il aime. Ma généreuse patrie n'en est-elle pas un exemple vivant? Quel pays plus que la Pologne vit ses ancêtres lui montrer le chemin de l'honneur et de la gloire?

Les Polonais, ayant à leur tête l'immortel Sobieski, n'ont-ils pas sauvé Vienne, l'Allemagne et l'Europe entière de l'invasion dévastatrice des musulmans? Je me figure cette armée redoutable de mahométans roulant ses flots tumultueux contre l'Occident et menaçant de remplacer partout l'étendard de Jésus-Christ par le croissant.

C'en est fait de l'empire. Des soldats blessés défendent seuls la ville de Vienne. Quelques heures encore et l'Allemagne verra ses temples profanés par les sectaires de Mahomet, qui insultent presque toujours notre culte sacré.

Tout à coup le spectacle change. Qu'aperçois-je? Quel est le prince qui, à la tête d'une

puissante armée, répand le trouble et la consternation dans les rangs des musulmans et fait
renaître la joie et l'espérance dans le cœur des
assiégés ?

Les Turcs culbutés fuient partout à l'aspect
de ce héros qui tient la victoire enchaînée à son
char glorieux. Les portes de Vienne s'ouvrent
devant Sobieski, son libérateur, qui la frappe
d'admiration.

— Oui, l'esprit se repose avec complaisance
sur les hauts faits d'armes de votre glorieuse
nation, le cœur s'attache au mérite, l'imagination s'émeut, s'agite et s'enflamme; en un mot,
tous les beaux sentiments qui embellissent notre
âme sont ravivés à la vue d'un peuple généreux
aux prises avec l'adversité. Vit-on jamais sans
douleur, succomber une nation dont un passé
glorieux offre à la mémoire une suite d'actions
mémorables.

Mais dites-moi comment la Pologne, si brave,
si glorieuse, a pu être asservie !

— C'est qu'elle renfermait dans son sein trois
éléments funestes.

Remarquons d'abord que quelques centaines
de milliers de gentilshommes étaient seuls
citoyens dans un pays qui comptait vingt mil-
lions d'habitants.

Puis les meilleures résolutions prises par le

Sénat, conseil de la nation, étaient annihilées
par le *veto* d'un seul sénateur, vendu à l'étranger.

Enfin, les dissidents, contre lesquels on avait
cru devoir sévir, trahissant leur patrie, pacti-
saient avec l'étranger.

La Russie schismatique, rivale de la catholique Pologne, avait alors à sa tête l'impératrice
Catherine, qui sut profiter de ces éléments de
discorde. Elle excita le mécontentement des
dissidents, gagna quelques nobles, dont la ser-
vilité l'assura des décisions du Sénat, et
trompa par de fausses caresses le roi Stanislas,
dont elle ne se souvint qu'elle avait été l'amie
que pour l'ensevelir dans un sommeil qui coûta
l'existence de la Pologne.

C'est ainsi que Catherine, appelant la discorde, le parjure et la perfidie à son aide, se
servit des Polonais pour asservir la Pologne.

L'esprit du mal guida notre ambitieuse ennemie et lui donna un conseil qui lui fit atteindre
son but et enchaîna la politique future de l'Europe au char victorieux des Czars.

Cachant ses véritables sentiments sous les
dehors de la sympathie, elle convia l'Autriche
et la Prusse au partage de la Pologne. Jetant à
ces puissances quelques lambeaux du royaume
dont elle voulait s'emparer, elle s'assura leur

bienveillance et acquit pour l'avenir des complices qui seraient comme elle intéressés à maintenir l'asservissement de la Pologne. Elle n'a que trop bien réussi. Ses armées pénétrèrent dans la Pologne et occupèrent une partie de son territoire, pendant que la Prusse et l'Autriche, s'associant à ce vol royal, s'emparaient des provinces qu'avaient achetées leur silence.

Un deuxième et un troisième partage suivent le premier. Du haut du Kremlin, du palais de Schœnbrünn et du château Sans-Souci partent des décrets qui font disparaître la Pologne du nombre des nations.

— La conduite de la Russie et de son impératrice s'explique d'elle-même. L'ambition ne peut mettre de bornes à ses désirs insatiables et sans cesse renaissants. Mais comment comprendre que la Prusse et l'Autriche aient cherché à abattre une nation qui pouvait lutter avec le plus d'avantage contre la Russie, une nation qui leur servait, en quelque sorte, de bouclier !

— Le désir de partager quelques lambeaux nuisit à leurs intérêts, tout en les rendant coupables.

La honte retombe surtout sur l'Autriche, qui avait été sauvée autrefois par la valeur de Sobieski.

— Et que dire de la France et de l'Angleterre, qui assistèrent spectatrices du meurtre d'une nation glorieuse?...

On sait assez que le désir de faire du bien n'enflamme pas aisément l'Angleterre, et qu'avant de déclarer la guerre elle se demande toujours ce qu'elle pourra lui rapporter. Mais comment la France, ma chevaleresque patrie, a-t-elle pu voir sans frémir cet assassinat politique?...

Hélas! elle était gouvernée par un roi que dominaient les passions impures qui asservissent l'homme et anéantissent tous les sentiments généreux.

Et c'est ainsi que la Pologne gémit sous le joug de la servitude...

Dans son indignation, Robert achevait avec éclat une conversation commencée à voix basse.

Aussi le lieutenant Obronowitz se hâta-t-il de l'arrêter dans l'explosion de ses sentiments.

Le lieutenant n'ignorait pas que les Polonais, même au service de la Russie, n'obtiennent jamais du gouvernement de Saint-Pétersbourg qu'une demi-confiance; qu'ils sont sans cesse épiés; que sa compassion pour le capitaine Robert pourrait être signalée à ses chefs et qu'on lui en ferait un crime. Il ne l'ignorait pas, et néanmoins il suivait l'impulsion de son bon cœur et de la charité chrétienne.

Cependant, dans l'intérêt de sa famille, il évitait de se compromettre par l'expression publique de sa haine contre les oppresseurs de sa patrie.

Après quelques instants de silence, Robert et le lieutenant continuèrent leur conversation sans se douter qu'un espion russe adroitement caché les écoutait.

— De même, disait Robert, que pour bien comprendre la situation d'un prisonnier, il faut connaître quel est le nombre des soldats qui le gardent, ainsi je désirerais savoir quelle est la puissance du Czar, geôlier de la Pologne.

— La force de la Russie consiste dans les innombrables bataillons qu'elle livre sans remords au fer qui les moissonne. Ses immenses steppes renferment des esclaves, que la volonté du maître arrache aux douceurs de la famille et conduit à la mort en les menant aux combats pour asservir ma patrie.

L'ambition de la Russie, écrasant tout sur son passage, a soumis l'immense territoire qui sépare la mer Glaciale de la mer Noire. Son naturel barbare la poussa dans les déserts de la Sibérie, où les animaux sauvages sont ses dignes compagnons. La mer même ne put sau-

3.

ver l'Amérique de ses atteintes dangereuses. Le Groënland subit sa loi.

La richesse de la Pologne, la fertilité de son sol, ses nombreux habitants et la bravoure qui les caractérise, forment les éléments dont le Czar sait profiter pour river plus étroitement les chaînes de notre malheureux pays : les sueurs des Polonais arrosent une terre dont les produits sont recueillis par leurs oppresseurs.

Les familles voient leurs affections les plus chères froissées par les terribles ukases qui enlèvent les enfants aux bras de vieux parents dont ils sont les soutiens. S'appuyant sur les Russes et craignant toujours une révolte des Polonais, le Czar remplit les cadres béants de son armée par des recrutements trop souvent renouvelés dans la Pologne. Il diminue ainsi la vie de ce malheureux pays, en lui enlevant son sang le plus pur et le plus précieux ; il doit, en quelque sorte, sucer le sang des Polonais pour asservir la Pologne.

Que de pleurs ma malheureuse patrie a versés depuis son asservissement ! Ni la paix ni la guerre ne lui donnent de repos : pendant la paix, elle est soumise à la domination et aux exactions des gouverneurs et des employés russes ; pendant la guerre, elle verse malgré elle son sang pour la défense de ses oppresseurs.

La défaite la moissonne, et la victoire lui donne des fers plus étroits.

— Peuple valeureux, s'écria Robert avec exaltation, dont l'œil d'aigle de Napoléon Ier a su reconnaître le mérite, faites revivre l'espérance dans vos cœurs. L'Europe connaît l'injustice de vos oppresseurs et devra bien un jour faire briller enfin à vos yeux le soleil de la justice et de la liberté.

— J'en accepte l'augure; la Pologne a confiance en la justice divine, elle est catholique, et, de même qu'un sang généreux, quoique appauvri, se ravive aisément, ainsi la Pologne, sous le souffle de la religion, saura se conserver et se fortifier jusqu'au jour que Dieu a fixé pour sa rédemption.

VI

L'auditeur militaire russe.

— Allons, éveillez-vous, paresseux français,
l'auditeur vous attend.

En parlant ainsi, un geôlier secouait fortement Robert de Montfallon.

Robert regarda autour de lui, écarquilla les
yeux et reconnut la prison où, quelque temps
après son arrivée à Varsovie, on l'avait plongé,
comme s'il était un grand criminel.

Il crut d'abord que l'auditeur militaire voulait l'interroger, s'assurer de son innocence et
lui rendre la liberté.

Plein d'espoir, il suivit avec empressement
le geôlier.

Mais quel ne fut pas son étonnément de se voir, à peine sorti de sa cellule, accompagné de deux gendarmes!

Son étonnement redoubla lorsqu'il fut dans la salle d'attente de l'auditeur. Il crut reconnaître, accompagné aussi de deux gendarmes, le lieutenant avec lequel il avait, la veille, parlé des malheurs et des espérances de la Pologne.

Le doute ne fut bientôt plus possible. Le lieutenant, l'ayant aussi aperçu, le regarda en levant les yeux au ciel.

— Nous avons été épiés, se dit Robert.

Et l'avenir s'offrit plus lugubre encore à son esprit.

Dieu seul pouvait désormais l'arracher aux griffes de l'Ours du nord : il était Français et catholique, ennemi de la Russie et adversaire des schismatiques.

Un huissier ne tarda pas à appeler Robert de Montfallon, qui fut suivi de près par le lieutenant, que l'auditeur militaire voulait interroger avec lui.

L'auditeur, jetant sur les deux prisonniers un regard sévère et dominateur, d'où s'échappaient la haine et la vengeance, dit d'un ton sentencieux :

— Dans ma longue carrière, j'ai rarement

rencontré deux hommes aussi coupables : l'un viole son serment de fidélité et trahit à la fois son pays, son gouvernement, son Empereur...

— Oh ! ma patrie ! fit bien bas le lieutenant.

— L'autre, continua l'auditeur, non satisfait d'avoir porté les armes contre notre magnanime Empereur, suscite des révoltes et suborne les défenseurs mêmes de l'ordre.

— Je croyais, répondit froidement Robert, que c'était un juge qui nous avait mandés pour s'éclairer et non un accusateur public.

— Oui, un juge, mais un juge irrité de l'excès même de vos crimes.

— Les jugements doivent être calmes, réfléchis et rendus après mûr examen.

Nous avez-vous interrogés ?

— J'ai les preuves de votre culpabilité.

— De ma culpabilité ! Et lesquelles s'il vous plaît ?

Peut-on m'accuser d'avoir obéi aux ordres de mon gouvernement, qui avait déclaré la guerre à la Russie ?

Un soldat obéit et ne raisonne pas.

— Oui, mais d'où vient la révolte que vous avez ensuite suscitée chez vos marins ?

— La révolte dont j'ai pu empêcher les conséquences funestes avait été causée par la cruauté russe.

Cette attaque fit bondir le juge sur son siége. Il jeta un regard de tigre sur Robert, qui, résolu à appeler sur lui toute la colère de l'auditeur, afin de sauver le lieutenant, continua en ces termes :

— Oui, de la cruauté de l'intendant et de ses gardiens.

— Si l'on vous en croyait, tous les Russes seraient coupables ; vous seul êtes innocent.

Oseriez-vous nier aussi que vous avez blâmé le gouvernement de l'Empereur avec ce soldat félon qui se trouve à vos côtés ?

Verkoff, approchez.

— Quelle est la teneur de la conversation que vous avez surprise ?

Un espion s'avança d'un air cauteleux et satisfait.

Mais Robert, jetant sur cet espion un regard écrasant de mépris, dit avec autorité :

— Je ne veux pas que mes pensées soient souillées en passant par un tel organe.

Oui, j'ai interrogé le lieutenant sur l'esclavage de la Pologne, que la Russie, comme un oiseau de proie, tient dans ses serres jusqu'à ce que le ciel l'atteigne de sa foudre vengeresse.

— Que ce souhait retombe sur votre tête !

— Dieu n'écoute les oppresseurs que pour les punir.

Vous entendez mes paroles. Eh bien ! j'ai dépeint au lieutenant la Pologne, sa patrie, sa mère palpitante entre vos mains : il a frémi.

N'était-ce pas naturel ?

Un bon fils peut-il entendre les cris plaintifs de sa mère, et voir ses plaies saignantes sans ressentir ses douleurs ?

Mais s'il vous faut une nouvelle victime, frappez-moi ! Et si les glaces de la Sibérie ne vous suffisent pas, inventez de nouveaux supplices.

Robert espérait, par l'exagération même de son langage, attirer sur lui toute la colère du juge et innocenter le lieutenant, qui passerait ainsi pour n'avoir pu réprimer les exagérations d'un énergumène, et qui ne serait plus accusé d'avoir lui-même critiqué amèrement la Russie.

Ce fut en vain que, pendant cet interrogatoire, le lieutenant, qui ignorait le but que Robert poursuivait et qui le voyait courir à sa perte par la violence de ses réponses, lui fit signe de se modérer.

A son grand désespoir, les attaques de Robert devenaient de plus en plus violentes.

Enfin il voulut l'empécher de continuer et dit :

— Je ne puis cependant souffrir que...

— Pardon, lieutenant, laissez-moi achever, dit Robert.

— Cependant, capitaine....

— Il n'y a plus ici ni lieutenant ni capitaine, fit sentencieusement l'auditeur : le crime vous a dégradés.

— C'en est trop enfin, s'écria Robert, avec un geste d'indignation. Condamnez, puisque tels sont les ordres que vous avez reçus, faites votre office de bourreau, mais n'insultez pas vos victimes.

— Votre insolence va recevoir sa punition, à l'instant même.

Soldats, conduisez ces deux misérables dans un sombre cachot, en attendant qu'on les dirige vers la Sibérie.

— Cet ordre me concerne seul sans doute, fit Robert, qui comprit, mais trop tard, qu'il avait par son exagération dépassé le but, et qu'il entraînait avec lui dans l'abîme le lieutenant qu'il voulait sauver.

— Vous êtes coupables tous deux, et tous deux vous serez rivés à la même chaîne.

— Quelle sentence injuste et bien digne de la Russie !

— Soldats, fermez la bouche à cet insolent. Et s'il le faut...

— La main victorieuse de la France saura briser mes fers.

VII

Trop tard.

L'homme qui se laisse dominer par ses passions, se nuit à lui-même en voulant se satisfaire. La haine inspire des actes de vengeance,
dont les effets sont souvent aussi funestes à
leur auteur qu'aux victimes.

L'intendant du gouverneur d'Odessa en fit la
triste expérience, le jour même où sa haine fut
satisfaite par la condamnation de Robert aux
mines et son départ pour la Sibérie.

Le colonel russe qui avait procédé, bien
à regret, à l'arrestation du capitaine Robert, exprima, dans un rapport motivé, ses

doutes sur la culpabilité qu'on attribuait aux prisonniers et surtout au capitaine Robert, dont il louait la délicatesse et le dévouement à ses compagnons d'infortune, qu'il avait empêchés de se livrer à des excès regrettables.

Il fallait à tout prix que l'intendant empêchât ce rapport d'être mis sous les yeux du gouverneur.

Dans sa préoccupation, il perdit de vue les prisonniers, que les gardiens se plaisaient à torturer avec plus d'assurance depuis que le regard indigné et dominateur du capitaine Robert ne leur imposait plus.

L'homme de bien ne perd pas son prestige même dans les fers. On se souvient que les musulmans offrirent la couronne à saint Louis, leur prisonnier.

L'absence de leur capitaine n'était pas pour les prisonniers la moindre de leurs douleurs.

Aux pressantes questions qu'ils adressaient sur le sort de leur chef bien-aimé, un silence glacial ou des rires narquois servaient seuls de réponse.

L'intendant avait ordonné le silence à ce sujet.

Mais les événements viennent souvent contrarier les desseins de l'homme.

Un marin ayant été injustement atteint par

le knout de l'un des gardiens les plus cruels, il
se redressa menaçant et s'écria :

— Lâche, vous nous torturez sans pitié maintenant que notre capitaine n'est plus là pour
vous inspirer le respect dû à l'infortune. Mais
quand il sera de retour....

— Votre capitaine! fit avec un rire strident
le gardien; votre capitaine ne reparaîtra plus
ici.

— Tu mens, gardien du diable, tu mens !

— Va le chercher alors en Sibérie...

— En Sibérie !

— Oui, en Sibérie.

— En Sibérie! répéta le marin au paroxys-
me de la colère en assénant au gardien un coup
de pioche, qui le fit rouler sanglant à ses pieds.

Les marins accourus au bruit de la dispute
n'eurent pas le temps d'empêcher ce coup fatal,
qui fut aussi prompt que la pensée.

Ils s'empressèrent autour de leur ennemi
blessé et s'efforcèrent, dans leur générosité, de
rappeler leur bourreau à la vie. La blessure
était grave. Le gardien ne donnait aucun signe
de vie.

Le marin qui avait donné le coup fatal n'était
pas le moins empressé : c'est que la colère est
mauvaise conseillère et qu'on ne tarde pas
à en déplorer les fruits amers.

Enfin le gardien ouvrit les yeux.

Un soupir de soulagement s'échappa de toutes les poitrines.

En quelques instants un brancard fut improvisé et les marins portèrent doucement vers le château leur ennemi, qui faisait entendre de douloureux gémissements.

En ce moment une musique militaire attira l'attention des prisonniers et les frappa d'étonnement.

Bientôt s'offrit à leurs regards une petite troupe de cavaliers richement équipés. C'était un état-major digne d'un général en chef.

Mais quel général pouvait s'égarer dans ces campagnes?

— C'est sans doute le gouverneur, se dirent les plus perspicaces des prisonniers.

Etait-ce un présage que justice leur serait rendue?

VIII

Dans une mine de Sibérie.

— Quel sombre horizon nous enveloppe de toutes parts !

Vivre sous terre à la recherche de cette mine d'or qui sert à nos maîtres pour river plus étroitement nos chaînes et acheter des armes destinées à asservir notre malheureuse patrie !

— Et à combattre la France.

— Voilà trois mois que nous menons la triste existence réservée aux plus grands criminels.

Décidément, capitaine, la mort ne serait-elle pas préférable à une telle vie?

— Dieu, qui nous envoie des adversités pour nous purifier de nos fautes, peut seul disposer de notre vie.

— La douleur m'égare, capitaine. C'est bien naturel, lorsqu'on est séparé peut-être pour toujours de sa femme, de ses enfants, de tout ce qu'on aime.

— Le suicide nous séparerait à jamais des nôtres, non-seulement pendant cette vie d'e-preuves, mais aussi pour l'éternité, tandis que si nous mettons notre confiance en Dieu, il saura bien nous soustraire aux atteintes de l'Ours du nord.

Qui nous dit qu'un jour, nous ne trouverons pas le moyen d'échapper à la surveillance de nos geôliers.

— Vous n'avez pas renoncé à votre projet de fuir?

— Je demande chaque jour au Dieu de misé-ricorde les moyens de le mettre à exécution.

— Hélas! la Sibérie est une prison plus ter-rible que les cachots les plus sombres. Loin des yeux de nos gardiens, nous ne saurions que devenir dans ces steppes peuplées de mons-tres dignes de rivaliser avec la cruauté des sbires du Czar.

— Espérons en Dieu.

— Oui, espérez, fit une voix.

Le tonnerre fût tombé aux pieds des deux interlocuteurs, qu'ils n'eussent pas été plus épouvantés.

Leur conversation avait été entendue; leur projet était découvert, leur captivité allait devenir intolérable.

Cependant la même voix dit encore :

— Mais, au nom de votre salut, parlez plus bas.

Ces mots ayant été prononcés en français, Robert de Montfallon ne tarda pas à se rassurer et s'avança du côté où la voix s'était fait entendre.

Un vieillard aux cheveux blancs lui apparut dans toute la majesté de la vieillesse.

— Rassurez-vous, dit ce vieillard avec un sourire bienveillant, vous êtes en face d'un compatriote, si j'en juge par votre langage.

Cependant, Robert et Obronowitz gardant le silence dans la crainte d'une surprise, le vieillard ajouta :

— Vous craignez sans doute que je ne sois un espion. La prudence est d'autant plus nécessaire en ces lieux que je vous engageais moi-même, il y a quelques instants à peine, à parler plus bas.

— Mais qui êtes-vous donc, vous, qui parlez français, qui êtes aux mines et qui n'êtes pas

revêtu de la livrée du travailleur? demanda
Robert.

— Ce n'est pas le lieu ici d'entrer dans de
longues explications. Suivez-moi, et peut-être
serai-je assez heureux pour vous seconder dans
le projet que vous méditez.

Les deux prisonniers hésitèrent encore un
instant. Mais, un coup d'œil scrutateur que
Robert jeta sur le vieillard lui ayant inspiré
confiance, il dit :

— Au fait, que risquons-nous? Notre sort
ne peut guère devenir plus misérable, fit-il en
s'adressant à Obronowitz.

Puis se tournant du côté du vieillard :

— Nous vous suivons.

— Accompagnez-moi en silence, fit l'inconnu,
et évitons tout bruit.

Après avoir suivi un sentier tortueux, ils
arrivèrent enfin à une muraille qui semblait
fermer l'entrée d'une caverne.

— C'est ici le lieu de mon repos, dit simple-
ment le vieillard.

Il tira de sa poche une clef, qui ne tarda pas
à faire rouler lentement une porte sur ses
gonds.

Un feu flambait dans un âtre creusé, comme
la caverne, dans le roc.

4

— Asseyez-vous, Messieurs, dit-il, en attendant que je vous dise qui je suis.

Les deux prisonniers se croyaient sous le charme d'un songe.

En effet, depuis trois mois qu'ils étaient condamnés aux mines, ils avaient vécu dans des travaux souterrains, dont ils ne sortaient le soir que pour prendre leur repos.

Jusque-là ils n'avaient vu que des malheureux courbés comme eux sous un labeur accablant ou des gardiens à l'œil sévère et le knout à la main.

Soudain leur apparaissait un vieillard plein de bonhomie, qui parlait français au milieu des glaces de la Sibérie! Puis cette caverne habitée et le mystère qui les y avait introduits, avec la promesse d'un mystérieux entretien.

— Qui je suis, Messieurs, dit le vieillard. Je vais vous l'apprendre, afin de vous inspirer confiance.

Ce que je veux en vous introduisant ici, au risque d'être découvert, vous ne tarderez pas à le connaître.

Vous avez souvent entendu parler des désastres de la grande armée ensevelie sous la neige de la Russie en 1812.

Que de malheureux sont morts en regrettant leur patrie et en invoquant le Dieu de miséricorde !

J'étais un des aumôniers de la grande armée.

— Vous ! fit Robert avec un respect mêlé d'admiration.

— Oui, et je voyais dans ce désastre le doigt de Dieu.

Le Pape était prisonnier, et la malédiction du Ciel faisait tomber les armes des mains de nos soldats.

Pauvres victimes de l'orgueil du potentat !

Je ne vous raconterai pas ces journées terribles, qui étaient suivies de nuits plus terribles encore, parce que le froid n'était plus même combattu par les pâles rayons d'un soleil plus pâle encore.

Que de mourants réclamaient mon ministère !

Quand tout nous abandonne, faibles créatures humaines, nous jetons nos regards vers le ciel, et nous aspirons après le suprême repos dans le sein du Dieu de paix.

Cependant, un jour que je m'étais arrêté pour consoler, secourir et absoudre quelques blessés qui n'avaient pu suivre le régiment et qui se mouraient au milieu des neiges, un gros de cosaques tomba subitement sur nous et me fit prisonnier.

Je fus conduit avec nos soldats en Sibérie !

Ce qui me consolait de ma captivité, c'est que je pouvais encore y exercer mon ministère, c'est que ma présence devenait même plus utile, au milieu de ces malheureux qu'on éloignait de leur patrie, de leur famille, pour les enfermer dans une prison de glace.

— Mais comment n'avez-vous pas été rendu à la liberté après la paix en 1814 ou tout au moins en 1815? demanda le capitaine Robert.

— Je ne l'ai pas voulu.

— Vous ne l'avez pas voulu ! fit l'officier polonais.

— Ai-je bien entendu? dit Robert.

— J'avais reconnu que mon ministère pouvait être plus efficace ici que dans ma patrie.

— Cependant, lorsque nos soldats furent rentrés dans leurs foyers, en quoi votre présence était-elle utile ici ?

— Pour consoler les infortunés Polonais.

La charité ne connaît pas de frontières.

J'aime la Pologne, dont la Russie étouffe la voix dans les déserts de la Sibérie et dont elle affaiblit la force dans l'esclavage.

J'aime la Pologne ; c'est une seconde France.

Obronowitz, ému au souvenir de la patrie, reconnaissant du dévouement du vieillard, s'avança vers lui et lui baisa la main.

— Que faites-vous? fit le vieillard en recu-
lant avec modestie.

— Je suis Polonais, et je vous remercie au
nom de ma patrie.

Robert, ajouta-t-il, admirons ce martyr inconnu de tous, excepté du Dieu de toute science.

— Ah! vous êtes Polonais? dit avec bonté et
tendresse le vieillard.

— Oui, fit Robert, et condamné aux mines
par ma faute.

— Par votre faute? interrogea le vieillard
avec un air de doute.

Robert raconta ce que nous savons déjà de
leur conversation surprise par un espion russe
et de son exaltation, qui, au lieu de servir l'officier polonais, l'avait plongé dans l'abîme.

Pendant qu'il parlait, les divers sentiments
que Robert exprimait se peignaient sur la
physionomie du vieillard, qui garda quelque
temps le silence après que le récit fut terminé.

Se levant ensuite avec une vivacité qu'on
était loin de lui soupçonner à son âge, il dit :

— Vous voulez essayer de fuir?

— C'est notre dessein, fit Robert.

— Et notre espoir, ajouta Obronowitz.

4.

— Eh bien ! parlons de votre projet ; et, si, après vous avoir exposé les dangers que vous allez courir, vous persistez dans votre résolution, je vous donnerai le pain des forts avant votre départ.

Il ferma la porte de sa grotte, et s'avançant vers une des parois du mur, il posa le doigt sur un ressort secret. Le rocher sembla s'ouvrir, à l'étonnement des deux prisonniers du Czar.

Ce qu'ils aperçurent les étonna bien plus encore.

A la lumière du foyer ils distinguèrent successivement un petit autel surmonté d'une croix et entouré de cierges, que le vieillard alluma.

Il leur fit signe d'avancer, et pressa ensuite un second secret, qui ferma la caverne, que personne n'eût pu soupçonner en cet endroit.

— Messieurs, dit le vieillard à voix basse, vous ne l'ignorez pas, nous sommes à la veille de Noël.

Jésus, qui est descendu dans une étable, pour sauver le monde, va descendre dans cette grotte.

— Voulez-vous vous laver à la piscine sacrée et recevoir ensuite le pain des forts ?

Les deux militaires, qui priaient dans un pieux recueillement, firent un signe d'assentiment.

Une heure se passa dans de saintes prières.

Lorsque la montre du saint vieillard marqua minuit, il monta à l'autel.

Robert, qui avait été enfant de chœur, s'agenouilla sur les degrés de l'autel.

Le pain des forts fut donné à ceux qui allaient entreprendre un long et périlleux voyage au milieu des forêts, des déserts, où ils auraient non-seulement à redouter les animaux féroces, les attaques des sauvages, mais où ils pourraient périr de faim.

Après une fervente action de grâces, le prêtre remarqua qu'il était deux heures.

Il éteignit les flambeaux et fit signe qu'il était temps de se retirer.

Il offrit aux deux officiers un repas fortifiant, leur demanda s'ils persévéraient dans leur résolution et leur indiqua le chemin qu'ils devraient suivre à la sortie de la mine.

Enfin la porte de la caverne s'ouvrit de nouveau ; ils se glissèrent à pas de loup, dans la crainte d'éveiller l'attention des gardiens.

Quand ils furent à un kilomètre, le vieillard s'arrêta, leur indiqua un chemin du doigt, et, montrant le ciel, il leur demanda de prier pour lui, comme il prierait pour eux.

Les deux officiers se mirent à genoux.

Le prêtre les bénit.

IX

La Fuite.

Lorsque nos deux fugitifs eurent quitté leur guide, ils s'enfoncèrent aussitôt que possible dans une épaisse forêt, tant la crainte d'être poursuivis les aiguillonnait.

Après avoir marché avec autant de rapidité que les broussailles, les arbres renversés sur leur route, les torrents le permettaient, ils s'arrêtèrent.

Enfin, ils respirèrent plus à leur aise.

Il leur semblait avec raison que les meilleurs limiers du Czar auraient peine à retrouver leurs traces.

Et cependant ils écoutaient encore, en écornant sensiblement toutefois les provisions dont le saint vieillard les avait chargés au moment du départ.

Le disciple du Dieu né dans une étable, donnait à de plus malheureux que lui. Que dis-je malheureux, en parlant d'un martyr!

L'homme qui se sanctifie est riche, car il travaille pour la couronne céleste qui est destinée aux élus du Père éternel.

Pressés cependant encore par la crainte, nos deux fugitifs ne tardèrent pas à reprendre leur course à travers la forêt, jusqu'à ce que le soleil baissât à l'horizon. Au mois de décembre, en Sibérie, les jours sont de courte durée.

Plusieurs fois ils s'arrêtèrent, ne sachant trouver à leur gré un abri qui les garantît du froid et des animaux qui pourraient leur donner la mort pendant leur sommeil.

Une excavation qu'ils explorèrent fut enfin choisie.

L'obscurité et la prudence leur conseillaient d'ailleurs d'opter au plus tôt.

Le bon vieillard avait aussi pourvu à leurs besoins pour la nuit. A l'exemple de saint Martin, dont il était le disciple, il s'était dépouillé des couvertures de sa couche.

Mais, comme la main gauche doit ignorer ce

que fait la main droite, il avait eu soin de ne
pas laisser soupçonner qu'il grelotterait lui-
même, pendant que les fugitifs pourraient défier,
en quelque sorte, l'intempérie des saisons.

Quand ils se réveillèrent, le soleil était déjà
assez haut à l'horizon. L'homme est ainsi fait
qu'il doit réparer ses forces par le repos et que
le sommeil, s'étant emparé de lui, le mène parfois à un calme qui le ferait frémir s'il avait
conscience de la situation où il se trouve.

Nous n'avons pas la prétention de suivre nos
deux héros dans toutes les péripéties de leur
fuite, de raconter leurs craintes, leurs combats,
leur courage, de montrer la faim, cette mégère
aux dents acérées, cette terrible ennemie qui
les poursuivait dans ces déserts où les arbres
ne produisaient presque rien parce qu'il n'y
avait pas d'habitants. Le Créateur a bien ordonné toutes choses.

Ils avaient échappé pendant un mois à tant
de dangers, ils avaient vaincu tant d'obstacles,
qu'ils se croyaient presque invulnérables.

X

Le Monstre.

Un soir, les deux fugitifs arrivèrent dans une vallée, d'où ils crurent entendre le mouvement du flux et du reflux de la mer.

Marcher rapidement du côté où l'ouïe leur avait indiqué ce bruit fut pour nos deux hardis voyageurs un acte instinctif.

La pluie qui commençait à tomber ne les arrêta pas.

Après dix minutes d'une marche qui s'était transformée en course, au fur et à mesure que le bruit des vagues paraissait plus distinct, ils aperçurent une immense étendue d'eau, dont les vagues étaient follement agitées.

— La mer! La mer! s'écrièrent-ils tous deux à la fois.

Et ils se jetèrent à genoux pour remercier le ciel.

Après quelques instants de réflexion, ils ne purent douter, d'après leurs connaissances géographiques, que ce ne fût un immense lac intérieur. Ils avaient lieu d'espérer qu'en suivant ses bords ils parveindraient à une ville ou à quelque habitation de pêcheurs.

La pluie qui déferlait, les força à se relever. Ils regardèrent autour d'eux, afin de chercher une retraite. Non loin de là se trouvait une caverne, où ils se mirent à l'abri, sans remarquer que des branches et des arbustes même étaient brisés à l'entrée et tout autour de l'antre, qui formait, à leur insu, le lugubre séjour d'un monstre.

Robert et son compagnon étaient surtout frappés d'un spectacle qui s'offrait à leurs regards.

Au-dessus de la vallée qu'ils venaient de parcourir, surplombant leurs têtes et s'avançant vers la mer, un voile sombre annonçait la tempête, tandis que le soleil éclairait encore dans le lointain la mer d'une zone de feu.

La mer était bordée, à leur gauche, de

rochers à pic. A leur droite s'élevait une colline, au sommet de laquelle on pouvait aisément parvenir par la vallée, tandis que du côté de la mer, elle offrait un flanc nu et perpenpiculaire.

Là aussi on eût pu élever un capitole; la roche tarpéenne n'aurait pas été loin.

Après avoir admiré la nature sous ces aspects si divers et pris quelque nourriture, nos voyageurs s'étendirent heureux et satisfaits de pouvoir se reposer, tandis que l'orage grondait sur leurs têtes.

L'homme s'habitue au danger, et de même que le vétéran marche sans crainte au combat et à la mort, ainsi nos hardis voyageurs se sentirent rassurés lorsque, après avoir parcouru des deserts inconnus, ils crurent avoir trouvé un point de repaire, le fil d'Ariane qui devait les guider dans leur marche.

Soudain un cri terrible et effroyable les fit bondir de leur couche improvisée.

On entendait, non loin de la caverne où ils se trouvaient, le bruit de branches qui s'écartaient violemment, d'arbustes qui se brisaient.

— Quel peut donc être ce bruit? demanda Obronowitz, exprimant tout haut la question que, intérieurement, ils s'étaient posée tous deux.

5

— Je ne sais; mais mon sang se fige dans mes veines, comme à l'approche d'un grand danger.

Mettons-nous sous la protection du Dieu tout-puissant, et, dans l'attente de tout événement, préparons nos armes.

Le bruit se rapprochait, et les cris devinrent plus effroyables.

— Que faire? demanda encore Obronowitz.

— L'eau tombe à torrents. Nous ne pouvons guère quitter la caverne, où, d'ailleurs, on se dissimule aisément.

— Cependant si cette caverne était l'antre d'une bête féroce? fit Obronowitz. En examinant tout autour de lui, il remarqua des arbustes brisés.

Il allait faire part de cette remarque à son compagnon, lorsque soudain apparurent à une faible distance deux yeux flamboyants, qui semblaient éclairer une masse énorme broyant tout sur son passage, et se précipitant vers la caverne.

Le premier mouvement de Robert et de son compagnon fut de fuir. Mais à peine eurent-ils fait quelques pas, que le monstre, attiré par le bruit, se détourna de sa route et bondit vers eux.

L'activité de Robert le servit dans ce danger

extrême; il saisit son pistolet, vise et tire sur le monstre, qu'il atteint.

Mais une balle ne suffit pas à donner la mort à ce monstre.

C'était un corps énorme de dix pieds de long; des bras en forme d'ailes battaient ses flancs, et des écumes sortaient de sa gueule enflammée.

La blessure le transforma en furie.

Obronowitz avait aussi tiré, mais si maladroitement, qu'il ne fit qu'effleurer la bête.

Avant que Robert eût eu le temps de viser et de tirer son second coup de pistolet, le monstre bondit contre Obronowitz, paralysé par l'effroi, l'atteignit et le renversa.

Le privilége des cœurs vraiment généreux est d'être calme dans le danger.

Déjà le monstre allait poser son pied fourchu sur sa victime, et en approchait sa gueule béante, lorsque Robert, faisant une invocation et un vœu à Notre-Dame de Bon-Secours, visa et atteignit à l'œil le monstre, qui poussa un rugissement et recula épouvanté.

Sans perdre un instant, Robert releva son compagnon, qui était presque évanoui.

Il était à craindre que la bête furieuse, dans les convulsions qui précèdent la mort, ne se roulât sur Obronowitz, qui eût été écrasé sous son poids.

Le monstre voulut, en effet, se relever encore; mais un râle ne tarda pas à rassurer entièrement nos deux voyageurs.

Après avoir échappé à ce péril, ils s'éloignèrent de la caverne, dans la crainte que ce monstre ne fût pas seul.

Un arbre touffu leur offrit un asile. Malgré les malheurs de la journée, la fatigue l'emporta enfin et ils dormirent d'un sommeil qui toutefois fut troublé par des rêves affreux : le monstre les menaçait encore.

Le lieutenant polonais s'éveilla en sursaut; il bondissait en arrière, pour échapper aux griffes de la bête féroce.

XI

Les Lieux saints.

Après bien des luttes et des dangers courus et évités, Robert et Obronowitz arrivèrent enfin à Jérusalem.

Sa qualité de Français et de capitaine de vaisseau ouvrit à Robert les portes des religieux qui gardaient le saint sépulcre.

Là il apprit les succès de l'armée française, qui espérait voir tomber sous peu devant elle les murs de Sébastopol.

Mais il ne put obtenir des renseignements sur le sort de ses compagnons d'infortune. Qu'importait au monde la vie ou la mort d'une

centaine d'hommes, tandis qu'un demi-million
de combattants s'égorgeaient sous les murs
d'une ville dont ils se disputaient la possession.

En attendant qu'ils pussent trouver le moyen
de faire voile vers la France, les deux courageux compagnons, dont l'amitié était cimentée
par des périls communs, visitèrent les lieux
saints : Bethléem, Nazareth, le mont Thabor,
dont nous ne parlerons pas après Chateaubriand
et Lamartine, mais que nous espérons bien
avoir le bonheur de voir à notre tour.

Robert de Montfallon, dont nous avons déjà
signalé les connaissances historiques, était peu
initié cependant à la question des lieux qui
avait servi de prétexte à la guerre d'Orient.
Aussi s'empressa-t-il d'interroger le prieur du
saint sépulcre, qui répondit avec amabilité aux
avances du courageux et pieux capitaine :

— Le sentiment religieux, capitaine, n'est
pas le seul qui excite les nations et qui les
porte à obtenir la possession des lieux où le
Sauveur du monde a passé sa vie, où il a ma-
nifesté sa gloire aux yeux de tous les hommes
par ses miracles et sa sainteté, où il a donné
l'exemple unique d'un Dieu mourant pour ses
créatures, où il apparut glorieux après sa
résurrection, d'où, enfin, il s'est élevé pour

prendre possession de sa gloire et nous ouvrir les portes du Ciel.

Les cours ont compris que leur influence dans le monde politique dépendait de leur influence dans la Palestine. Les yeux sont sans cesse ramenés vers cette terre sacrée d'où la foi, la vérité et la vie se sont répandues sur la terre. Les peuples se figurent aisément que la nation chrétienne qui possède ces lieux féconds en miracles, est soutenue par la main de Dieu. La religion peut seule donner cette auréole de gloire sur laquelle le temps, qui entraîne tout après lui, ne peut étendre sa main dévastatrice.

La France doit sa grandeur bien plus encore à son titre de fille aînée de l'Eglise et de protectrice des lieux saints, qu'au courage de ses enfants et aux couronnes qu'ils lui ont acquises. Les victoires laissent toujours après elles une mare de sang qui répand la consternation et la terreur. La religion seule donne le calme et le bonheur sans mélange.

Représenté ou plutôt dominé par l'empereur de Russie, le schisme grec voulut aussi s'attirer la gloire de la possession des lieux saints. Branche séparée du tronc de vie, l'Eglise grecque cherche en vain à rallumer le flambeau divin de la foi.

— Sur quoi appuie-t-elle ses prétentions?

— C'est en vain qu'on lui demande de dési-
la source d'où découlent ses droits.

Elle les possède, dit-elle, de temps im-
mémorial. C'est la dernière ressource de l'ab-
surdité et du mensonge, poussé à bout, de se
réfugier dans la nuit des temps.

— Les ténèbres sont, en effet, le véritable
élément où le mensonge peut ourdir ses projets.
Mais faites-moi connaître les droits des Latins.

— Peut-on citer sans admiration le nom de
Charlemagne, ce grand empereur qui éleva la
France à un si haut degré de gloire et de puissance, qui fut aussi profond politique et habile
administrateur qu'intrépide guerrier et sage
législateur, qui répandit les lumières de la civilisation et des sciences sur un peuple grossier
et barbare! La religion fut toujours la pensée
dominante de ce prince. Aussi quelle ne fut pas
sa joie lorsqu'il vit le sultan Haroun-al-Raschid
rechercher son alliance et lui remettre les clefs
du saint sépulcre. Voilà le premier droit que
la France et l'Occident acquirent sur la terre
qui a bu le sang du Fils de Dieu.

Que dire ensuite de ces expéditions lointaines
que l'Occident armé entreprit contre l'Orient,
pour venger dans le sang impur des mahométans les cruautés qu'ils avaient exercées
envers ses enfants? Voyez-vous s'élever au

milieu de ces fiers guerriers l'illustre et magnanime Godefroy de Bouillon, le voyez-vous
marcher à la tète des héros chrétiens, leur
montrer le chemin de la piété, de l'honneur et
de la gloire, et recevoir pour récompense de
ses mérites la souveraineté la plus digne d'envie, celle du pays où Notre-Seigneur Jésus-
Christ passa une vie sainte et bienfaisante, où
il mourut pour nous mener à la gloire!

Ce prince pieux ne voulut point porter une
couronne d'or dans les lieux où le Sauveur du
monde avait été couronné d'épines.

Ces magnanimes guerriers et leur illustre
chef s'inclinaient devant l'autorité du souve-
rain pontife qui leur avait donné sa bénédiction
apostolique en leur remettant l'étendard qu'ils
devaient suivre et défendre jusqu'à la mort.

Lorsque la main de Dieu se fut appesantie
sur ses enfants et que la ville sainte fut tombée
au pouvoir des ennemis du nom chrétien, nous
voyons le sultan Saladin remettre au prince
déchu du trône de Jérusalem la possession de
l'église du Saint-Sépulcre et la faculté d'entretenir des prêtres francs et veiller sur le divin
tombeau. Le libre exercice de la religion dans
tous les lieux saints fut aussi accordé.

Les frères mineurs eurent l'honneur d'être
préposés à la garde du saint sépulcre, de passer

5.

une vie de souffrance dans les lieux mêmes où Dieu a donné l'exemple de la résignation, et d'adresser au ciel d'ardentes supplications dans le jardin où Jésus-Christ a prié avec ses apôtres et versé des larmes de sang.

— Les sultans turcs furent-ils aussi favorables dans leur oisiveté que Saladin dans ses victoires?

— Hélas! deux siècles plus tard un sultan contesta aux Latins les droits que ses prédécesseurs avaient approuvés et confirmés par leurs firmans. Mais Robert d'Anjou, héritier des anciens rois de Jérusalem, acheta à prix d'argent le droit contesté.

— En présence de ces faits historiques, on se demande comment les Grecs osent invoquer de prétendus droits auxquels ils ne peuvent assigner aucune époque précise. Sur quels faits s'appuient-ils? D'où prétendent-ils que découlent leurs droits?

— Après la conquête de Jérusalem par le sultan Sélim, les Géorgiens, qui s'étaient emparés de la moitié du Calvaire, obtinrent un firman qui leur confirmait cette possession. Les Géorgiens, étant pauvres, vendirent aux Grecs cette moitié du Golgatha.

— Qu'obtinrent les Grecs par cette transaction?

— Aucun droit réel, car les Géorgiens ne pouvaient vendre ce qui ne leur appartenait pas.

La faiblesse des droits se manifeste par la faiblesse des moyens qu'elle emploie. Les Grecs molestèrent les Latins et commirent des actes de spoliation à Jérusalem et à Bethléem. Ils s'emparèrent même de plusieurs sanctuaires, dont ils chassèrent les catholiques. Sur les plaintes du roi de France, l'empereur Osman, entre autres, reconnut les droits des Latins et fit publier un firman qui mit dans tout son jour la fausseté et la hardiesse des Grecs. Que de fois cependant ne vit-on pas encore les Grecs réunir leurs efforts pour corrompre les autorités musulmanes, semer partout l'or sur leurs pas, et se créer des protecteurs par ces moyens illicites! Mais leurs efforts furent vains jusqu'à la révolution qui couvrit la France de maux en la plongeant dans l'anarchie, qui déclara la guerre à l'Éternel en massacrant ses lévites, qui, oubliant un devoir sacré et les intérêts de la France, laissa un injuste ravisseur dominer dans les saints lieux. Les Grecs s'emparèrent peu à peu des temples réservés aux Latins et en chassèrent nos lévites.

L'or acheva ce que l'injustice et la lâcheté avaient commencé; la cour de Constantinople accorda des firmans qui constituaient les Grecs possesseurs des lieux saints dont ils s'étaient emparés.

Chose admirable! la voix de la vérité et de la justice perçait à travers les atours de l'injustice même. Ces firmans, qui enlevaient aux Latins leurs possessions, déclaraient hautement les droits qu'ils avaient acquis dans des temps antérieurs. On voit par là que ces possessions ne furent ravies aux catholiques qu'à cause de la faiblesse inexcusable de l'Occident et de la hardiesse effrontée de l'Orient.

C'est ainsi que l'on vit l'iniquité, s'appuyant sur un bien mal acquis, forcer la justice à s'enfuir de ces lieux où le Fils de Dieu a enseigné la vérité.

XII

Les bandits arabes.

— Capitaine, dit un soir le prieur à Robert de Montfallon, demain de grand matin vous pourrez vous diriger vers votre patrie.

— Vraiment ! Et comment, mon père ?

— Un ingénieur de la Compagnie du Canal de Suez, désirant franchir rapidement et sûrement le trajet de Jérusalem à Jaffa, m'a communiqué son projet.

Comme la somme nécessaire à votre navigation et à celle de votre compagnon était presque réunie, l'ingénieur l'a complétée, afin de pouvoir faire sous la protection de vos vail-

lantes épées le périlleux trajet qui vous sépare de Jaffa.

— Ce monsieur s'exagère notre courage.

— Pas de fausse modestie.

— Cependant, mon père...

— Encore !

— Quoi qu'il en soit, mon père, je n'oublierai
pas votre bienveillance. Je prie le Ciel de me
donner le moyen de la reconnaître.

— Soyez toujours un des défenseurs de la
religion, le champion de la vérité : tel est le
vœu que je forme.

Robert se retira joyeux.

Le lendemain il était prêt, ainsi que le lieutenant polonais, bien avant l'heure fixée pour
le départ.

L'ingénieur Rüppert était un homme à physionomie franche et ouverte, qui appelait la confiance.

Aussi Robert sympathisa-t-il immédiatement
avec lui.

Comme l'objet des études de l'ingénieur était
le canal de Suez, Robert ne tarda pas à lui demander des renseignements sur l'origine de ces
travaux, et sur l'avenir qui semblait destiné à
cette entreprise gigantesque.

— La question de l'isthme de Suez, dit l'ingénieur, remonte à la plus haute antiquité ;

mais personne n'avait tenté de créer un canal
direct entre la mer Rouge et la mer Méditerranée. Tous les souverains, les pharaons et les
rois de Perse, comme les empereurs romains
et les califes, se bornèrent à relier le Nil à
la mer Rouge et à avoir une communication
entre les deux mers en utilisant le lit du
fleuve.

— Il est vraiment étonnant que les souverains qui ont construit les Pyramides et tant
d'autres monuments, n'aient pas entrepris cette
œuvre si utile?

— C'est que, pour eux, le percement de
l'isthme et la création d'un canal direct n'était
pas nécessaire.

Le commerce international n'avait pas alors
l'extension qu'il a pris de nos jours. Pour les
souverains de l'Egypte, il suffisait que ce pays
fût relié à la mer Méditerranée par le Nil, et à
la mer Rouge par le canal qui, partant du Caire,
aboutissait à cette mer.

La nature elle-même indiquait le passage
du canal que les rois ont construit. Le mont
Moquattam s'abaisse tout à coup à la hauteur
du Caire et ne forme plus qu'une esplanade
basse et demi-circulaire, autour de laquelle rè-
gne une plaine d'un niveau égal, depuis le bord
du Nil jusqu'à la pointe de la mer Rouge.

— Très-bien. Voilà l'antiquité excusée; mais reste à expliquer comment, dans les temps modernes, les Européens ne se sont pas hâtés de construire ce canal, aussitôt qu'ils eurent fondé l'immense empire des Indes.

. — C'est qu'on croyait que le niveau de la mer Rouge était plus élevé de 9 mètres 908 que le niveau de la Méditerranée.

— Ah bah!

— Oui, et c'était une erreur très-ancienne, écho d'une tradition qui remontait jusqu'à Aristote.

— Et ce fut M. de Lesseps qui découvrit cette erreur?

— Non pas.

— Qui donc?

— Lorsque Bonaparte visita les restes de l'ancien canal, lors de son expédition en Egypte, il résolut de recommencer l'œuvre des Pharaons et de la perfectionner, si c'était possible.

M. Lépère reçut l'ordre de rédiger un mémoire sur la communication des deux mers. Son mémoire renfermait des renseignements précieux, mais il accrédita la fameuse erreur sur le niveau des eaux de la mer Rouge et de la Méditerranée.

Cependant M. Lépère trouva d'illustres contradicteurs en Laplace et Fourier. On discuta longuement le rapport de la commission, sans que les adversaires pussent offrir des raisons présomptoires pour ou contre les propositions contraires.

En 1834, le major Chesney infirma par de nouvelles considérations les propositions de M. Lépère, et, en 1841, des officiers anglais constatèrent, à l'aide de procédés nouveaux, que la commission d'Egypte s'était trompée.

Ces études étaient les travaux préliminaires indispensables du percement de l'isthme de Suez. Avant d'entreprendre une œuvre, il faut surtout s'assurer si elle ne renferme pas d'obstacle insurmontable....

— Mais c'est étrange, fit tout à coup Robert en interrompant le narrateur, il me semble avoir aperçu le béret d'un bandit arabe.

— Vraiment? fit avec émotion l'ingénieur, dont le courage n'était pas à la hauteur de la science.

— Je vais m'en assurer, d'ailleurs, dit Robert, en dirigeant son dromadaire du côté où il avait cru apercevoir le bandit.

Mais ce fut en vain que ses regards plongèrent au loin.

Cependant il ne s'était pas trompé.

Un bandit s'était blotti entre deux bancs de

sable, dont il s'était même presque entièrement recouvert.

Rassuré, Robert retourna auprès de l'ingénieur, qu'il pria de continuer à l'éclairer sur l'isthme de Suez.

— L'ingénieur reprit en ces termes : en 1814, M. Linant Bey, ingénieur en chef du vice-roi d'Egypte forma une société qui n'eut pas de suite; en 1846, M. Enfantin fonda aussi une association sous le nom de *Société d'études du canal de Suez;* mais ce ne fut qu'en 1854 que cette entreprise eut quelque chance de succès, lorsque M. de Lesseps y apporta son activité à toute épreuve et sa foi dans son œuvre. L'homme est doublement énergique lorsqu'il est fortement convaincu.

M. de Lesseps fit passer sa conviction dans un grand nombre d'esprits. Les bourses se délièrent, et les capitaux, qui sont le nerf de toute entreprise lui permirent, avec le patronage et le concours du vice-roi d'Egypte, d'obtenir d'heureux résultats pour le monde entier.

— Je le comprends car on a ouvert ainsi une nouvelle route des Indes, dont le trajet est considérablement diminué.

— En effet, de Marseille à Bombay, le trajet

n'est plus que de 2,374 lieues, tandis que par l'Atlantique, il est de 5,650 lieues.

Du Havre, le parcours est de 2,824 lieues, au lieu de 5.800; et de Londres, 3,100, et non plus 5,900, comme le passage par le Cap l'exige actuellement.

Les avantages sont bien plus grands encore pour l'Italie, la Grèce et surtout la Turquie. Ainsi de Constantinople, le trajet par Suez n'est que de 1,800 lieues, tandis que par le Cap, il est de 6,100 lieues, soit une différence de 4,300 lieues.

Ils venaient de traverser un bosquet d'oliviers, sur lequel Robert, tout en écoutant la conversation de l'ingénieur, avait cependant jeté un regard investigateur, lorsqu'une troupe de bandits arabes se précipita sur eux.

Un domestique qui formait l'arrière-garde de la caravane poussa un cri de terreur, et bientôt de douleur; il était grièvement atteint.

Se précipiter de leurs dromadaires, mettre la main à la fonte de leurs pistolets fut l'affaire d'un instant pour les deux capitaines.

Robert brisa la tête du bandit dont le sabre était déjà levé pour achever le malheureux domestique.

Le sabre, n'étant plus soutenu que par un bras inerte, retomba et faillit atteindre le blessé.

De son côté le capitaine polonais avait blessé un adversaire. Puis, réunissant leurs efforts, les deux vaillants guerriers fondirent l'épée à la main sur les bandits, et, avec l'aide de deux domestiques que le courage des capitaines électrisait, ils mirent en fuite les brigands, qui ne sont courageux que quand ils voient qu'on tremble devant eux.

Le bandit mort fut enterré dans le sable.

Après avoir pansé les plaies du domestique blessé, on le plaça aussi bien que possible sur un dromadaire, et la petite troupe arriva sans autre encombre à Jaffa.

Robert s'embarqua pour Sébastopol. Le danger et l'honneur l'appelaient au combat.

Le capitaine polonais, n'osant se diriger directement vers sa patrie, résolut de passer par l'Autriche et de rentrer la nuit chez lui. Heureusement que le village où sa famille habitait n'était qu'à deux lieues de la frontière, et qu'à la paix, il put être compris dans une amnistie.

ÉPILOGUE

Les aventures de Robert avaient eu du reten-
tissement dans l'armée qui assiégeait Sébastopol. Les marins de la *Vigilante,* qui avaient
été rendus à la liberté, portaient jusqu'aux
nues le courage et la prudence de leur capitaine.

Aussi Robert fut-il fort entouré quand il
arriva, la veille de l'assaut de Sébastopol.

Ses marins demandèrent aussitôt que leur
capitaine fût mis à leur tête, et proposèrent de
monter les premiers à l'assaut, si on le leur
rendait.

Le général était trop habile pour ne pas
mettre à profit un tel dévouement.

Robert fut confirmé dans le grade de capitaine de vaisseau.

Le signal de l'assaut est donné, on se précipite vers les remparts. Robert, suivi de

ses marins, qui veulent en vain le devancer pour lui faire un rempart de leurs corps, arrive sur le parapet. Là, plusieurs soldats russes se jettent sur lui pour le précipiter du rempart dans le fossé.

Mais les marins sont déjà aux côtés de leur capitaine, et un combat terrible s'engage.

Un officier s'avance pour venir en aide aux Russes. O jugement de Dieu ! Robert le reconnaît. C'est l'intendant qui les a tant fait souffrir ! Ce misérable a dû suivre son général.

Les marins l'ont aussi reconnu. Cette vue surexcite leur ardeur. Ils se précipitent sur cet homme qui est doublement leur ennemi.

Après un combat acharné, l'intendant tombe percé de coups, et ses soldats, effrayés de la mort de leur chef, fuient épouvantés.

C'est en vain que de nouveaux renforts arrivent aux Russes.

Les soldats français ont suivi les marins.

Sébastopol est pris. Robert de Montfallon reçut sur le rempart même de la main du général en chef la croix des braves.

Jusqu'à sa mort, sa devise fut :

Courage et foi.

UN CAPRICE DE MILLIONNAIRE

Il y a quelques années, je me trouvais chez un des princes de la critique. Nous devisions, sous une tonnelle et à l'ombre de frais ombrages, des caprices des personnes qui engloutissent des capitaux considérables : les unes à collectionner des livres dont les éditions sont remarquables par leur antiquité et leur pureté, d'autres à réunir des bronzes, dont ils encombrent leurs demeures ; plusieurs enfin à enrichir leurs musées des toiles des grands maîtres. Aussitôt le nom de M. de R*** fut prononcé; il venait d'acheter 100,000 francs un tableau qui, vingt ans auparavant, avait été vendu 45,000 francs.

— M. de R*** a des caprices étonnants, comme les millionnaires seuls peuvent en avoir, ajouta la personne qui se trouvait à mes côtés. Cent quatre-vingt-dix mille francs pour une toile !

— Oui. C'est qu'il se trouvait lui-même à la vente. Il a été piqué au vif par quelques surenchères. Son homme d'affaires n'eût osé aller jusque-là.

— Vous croyez ?

— J'en suis convaincu. Et le fait suivant va vous le prouver.

Instinctivement, nous nous penchâmes un peu pour écouter le narrateur. La curiosité est si naturelle à l'homme, lorsqu'il s'agit surtout de quelque trait qui concerne ceux dont les noms retentissent partout !

— Vous connaissez, commença le narrateur en s'adressant au prince de la critique, M. V***, qui est presque votre voisin ?

— Certainement.

— Eh bien ! vous n'ignorez pas non plus qu'il est un des agents de M. de R*** ?

— Je le sais.

— Il y a deux ans, le cocher de M. de R*** l'égara dans une des rues étroites de Passy. Pendant qu'il cherchait à s'orienter, une autre voiture arriva du côté opposé et obstrua le passage. Le cocher se démenait pour se tirer d'affaire.

M. de R*** jeta d'abord un regard distrait autour de lui; mais bientôt son attention fut attirée par une horloge qui se trouvait exposée avec d'autres objets de bien peu de valeur, et formant un mobilier, dont une affiche annonçait la vente. Il descendit de voiture, examina cet objet et prit note du jour et de l'heure de la mise en adjudication.

Le lendemain, M. V*** recevait l'ordre de se rendre à la vente et d'acheter l'objet convoité. Il ne s'attendait pas à rencontrer de compétiteur sérieux. Aussi, pour en finir d'un seul coup, il répondit à la mise à prix par une offre de cent francs.

— Cent cinquante.

— Deux cents.

— Deux cent cinquante.

— Cinq cents francs, appuya M. V*** avec impatience.

— Six cents francs, répond, avec calme, le compétiteur.

— Mille francs.

— Deux mille francs.

Le propriétaire de l'horloge ne pouvait en croire ses oreilles. Quant à M. V***, il jette un coup d'œil pénétrant sur son compétiteur.

6

C'était un homme mis assez élégamment. Mais qui était-il ? M. V***, voulant frapper un grand coup, élève la surenchère à cinq mille francs

— Six mille.

M. V*** se croit l'objet d'une mystification ; il hésite. Mais la pensée de M. de R***, qui veut avoir l'horloge, le stimule. Son patron, d'ailleurs, est si riche qu'il peut bien payer chèrement ses fantaisies.

— Dix mille francs, ajouta-t-il.

A son grand étonnement, l'autre voix répondit :

— Onze mille francs.

Ce ne fut qu'au prix de dix-sept mille francs que M. V*** devint l'heureux ou malencontreux vainqueur.

Tout ébahi encore de ce qui venait de lui arriver, il rentre à l'hôtel de M. de R***.

— Eh bien ! demanda-t-il à son homme d'affaire dès qu'il l'aperçut, avez-vous l'horloge ?

— Oui, monsieur le baron.

— A quel prix ?

— Dix-sept mille francs.

— Dix-sept mille francs ! répéta M. de R***, en faisant un soubresaut comme si on lui arrachait une dent.

— Oui, monsieur le baron.

— Mais avez-vous perdu la tête ?

— Je ne crois pas, monsieur le baron.

— Comment! dix-sept mille francs pour une horloge.

Pour se disculper, M. V*** raconta les péripéties de la surenchère. Pendant cette narration, M. de R*** s'était un peu calmé, mais il répétait encore :

— Dix-sept mille francs! Quelle folie!

Une heure après cet entretien, M. V*** vit entrer chez lui son compétiteur à la vente de Passy, qui lui dit sans détour, après les compliments d'usage :

— Je regrette, monsieur, de n'avoir pas poussé la surenchère jusqu'au chiffre de vingt-cinq mille francs. Je vous les offre, si vous voulez me céder votre achat.

— Monsieur, lui repartit M. V***, je suis l'acquéreur de l'horloge, mais je ne puis vous la céder sans le consentement d'une autre personne qui est intéressée à cet achat.

— Très-bien, monsieur; me permettez-vous de revenir demain?

— Certainement.

On comprend l'empressement que mit M. V*** à se rendre auprès de M. R***. Il le trouva encore tout mécontent de l'acquisition. En deux mots, M. V*** lui apprend la visite qu'il vient de recevoir et lui demande ses instructions.

— Je garde l'horloge, répond le millionnaire, satisfait maintenant de son marché. Apprenez que je ne cède jamais la moindre partie de ma collection.

— C'est étrange, se disait tout bas, bien bas, M. V***, en s'éloignant. Il ne vend pas sa collection; mais en est-il de même de son crédit?

LA VOLAILLE DU PAUVRE

L'esprit d'observation et l'expérience man-
quent souvent à nos campagnards. Que de res-
sources la nature nous fournit dont nous ne
savons pas profiter. Sans parler des engrais qui
se perdent chaque année pour des sommes énor-
mes, il est d'autres éléments sur lesquels on ne
saurait trop appeler l'attention générale.

Le fait suivant me semble, à ce point de vue,
digne d'être rapporté.

Dans un petit village, près de Tain, habite une
vieille femme de quatre-vingts ans que les malheurs ont instruite et que la mort semble avoir

6.

oubliée, tandis qu'elle a frappé autour d'elle son mari et ses enfants. Elle habite seule dans une chaumière écartée du village.

La bonne vieille est presque toujours au milieu de sa cour, où s'ébattent de nombreuses volailles, qui semblent être sa seule préoccupation, et former, en quelque sorte, sa famille

Une chose étonnait les habitants du village : on se demandait comment cette femme pouvait pourvoir à la nourriture de cette basse-cour, qui le dispute aux plus belles fermes. On prétendait qu'elle n'achetait jamais ni grain ni avoine. Cependant les plus méchantes langues n'osaient attaquer sa probité. Elle jouissait de la confiance générale. L'église la voyait chaque jour. Elle s'épanchait dans le sein de la Mère des douleurs : elle aussi pleurait son fils.

Le démon de la curiosité me poussant, j'entrai dans la demeure de la bonne vieille, sous prétexte de lui demander des œufs frais pendant mon séjour à la campagne.

Après quelques secondes de conversation banale, je lui dis:

— Votre basse-cour est bien digne d'envie. Je désirerais en avoir une pareille, mais je recule devant les soins et surtout les boisseaux de blé et d'avoine que je devrais donner à ces volailles.

— Des boisseaux de blé et d'avoine!

— Sans doute. Avec quoi les nourrirais-je?

— Mes poules n'ont jamais goûté ce gâteau réservé aux volailles des riches.

— Vous plaisantez !

— Nullement, mon bon monsieur.

— Expliquez-moi donc votre secret.

— Bien volontiers ; mais je crains d'abuser de votre patience, monsieur. Je dois entrer dans quelques détails sur la nourriture, qui diffère selon les saisons, et que je me procure moi-même, sans dépense aucune.

— Parlez, ma bonne. J'écoute.

— Au printemps, je suis les labours dans les champs. Les lombrics et les vers blancs qui surgissent de terre en grande quantité sont une excellente nourriture pour les volailles. Je mets un peu de terre dans le panier, afin que les vers n'en sortent pas.

— Trouvez-vous toujours assez de vers? On ne laboure pas sans cesse les champs, même au printemps.

— Pour faire sortir de terre les lombrics, j'arrose le sol avec une décoction assez forte de feuilles de noyer. Bientôt les vers sortent et cherchent un refuge. C'est alors que j'en fais une ample moisson.

— C'est très-ingénieux. Mais que faites-vous en été?

— Auparavant, je dois vous dire, mon bon monsieur, qu'au mois de mai, à l'époque des hannetons, j'en fais une ample provision : en quelques jours, j'obtiens de la nourriture pour un mois.

J'atteins ainsi facilement l'été, pendant lequel je fais la chasse aux limaçons et aux limaces dans les champs et les prés.

— Et l'hiver?

— Les chênes me fournissent une grande quantité de glands. J'enlève la grosse enveloppe, je les fais sécher au four, et j'obtiens ainsi des vivres excellents et des provisions qui me permettent d'attendre sans crainte les frimas de l'hiver. Le retour du printemps me ramène mes petites industries.

C'est ainsi que cette bonne vieille accomplissait le vœu du bon roi Henri IV : la poule au pot. Elle aurait pu même faire mieux et mettre le poulet à la broche.

Avis aux cultivateurs.

———

200 TURCOS ET UN CURÉ DE CAMPAGNE

Le drapeau blanc était déjà hissé depuis une heure sur la ville de Sedan, qu'un bataillon de turcos combattait encore.

Enfin, accablés par le nombre, ils se rendirent.

Pendant plus de vingt-quatre heures, on les laissa sans nourriture.

Le lendemain, après leur avoir donné un maigre biscuit, on les dirigea vers l'Allemagne. Mais, harassés par la lutte terrible du 1er septembre, par les privations du 2 et par la marche qu'on leur imposait, plusieurs braves qui n'a-

vaient jamais fléchi devant l'ennemi s'affais-
sèrent.

Des coups de crosse les forcèrent bientôt à se
relever.

L'énergie fictive que cette brutalité leur rendit pour un instant ne tarda pas à faire place à
une lassitude plus grande encore.

Cinq d'entre eux tombèrent épuisés. Les
menaces, les coups étaient dès lors impuissants
à les faire marcher.

Leur vue excitait la pitié, même chez quelques-uns de leurs persécuteurs ; mais leur chef,
en qui toute la brutalité semblait s'être per-
sonnifiée, s'avança vers un des turcos étendus
presque sans mouvement.

— Relève-toi, dit-il, et marche.

— Impossible, fit le turco avec un geste où
se mêlaient le découragement et la menace.

— Marche, ou sinon...

Le turco ne fit aucun mouvement.

Le Prussien arme son pistolet, vise ; le turco
pare avec le bras le coup qui allait l'atteindre à
la tête.

Le héros blessé se jette sur l'officier, le saisit
d'une main vigoureuse, et, sans l'intervention
des soldats prussiens, il l'aurait broyé.

Ce turco était d'une stature colossale et her-
culéenne.

Quelques pas plus loin, un coup de feu appela l'attention des prisonniers. L'un d'eux tombait sous les balles prussiennes. Il avait voulu prendre la fuite.

Après deux jours d'une marche douloureuse, ils arrivèrent dans un petit village près de Sténay. Comme quelques turcos s'étaient évadés les nuits précédentes, les Prussiens crurent prudent d'enfermer les prisonniers dans une église.

Mais ces Prussiens comptaient sans le patriotisme et le dévouement du curé, qui offrit à nos soldats de la nourriture, des rafraichissements, et les soigna avec une merveilleuse sollicitude.

La nuit vint.

Comme l'officier prussien avait pris soin de fermer lui-même la porte de l'église et d'en conserver la clef, il n'avait placé que quelques rares sentinelles pour garder les prisonniers, qui semblaient ne pouvoir fuir que dans les airs.

Les turcos auraient dormi sur la dalle froide de l'église sans la charité du curé. Aidé de ses paroissiens, il avait apporté des matelas et tout ce qui pouvait adoucir leur position.

Avant de se retirer, le curé s'était entretenu quelque temps avec un des prisonniers qui comprenait la langue française.

La lassitude eut bientôt fermé les yeux des turcos.

Un seul veillait, c'était celui qui avait causé avec le curé.

Au coup de minuit, le turco parut ému. Il regarda tout autour de lui.

Une demi-heure s'écoula sans aucun mouvement dans l'église.

Tout dormait. L'agitation seule du turco réveillé occasionnait quelque bruit imperceptible.

Enfin, le mur sembla s'ouvrir, et par là le curé compatissant apparut. Il tenait à la main une lanterne sourde.

Cette apparition n'étonne pas le turco, qui s'avance aussitôt vers le visiteur nocturne.

Le curé explique à voix basse le passage qu'il faut suivre à la sortie de l'église pour ne pas être aperçu des sentinelles prussiennes.

— Maintenant, ajoute le digne vieillard, éveillez vos compagnons et surtout pas de bruit.

Le turco les secoua successivement en leur faisant signe de se taire.

Lorsqu'ils furent réunis, il leur expliqua à voix basse que le bon curé voulait les sauver au péril de sa vie et ce qu'ils devaient faire pour sortir de l'église.

Le prêtre s'arracha aux manifestations muet-

tes, mais expressives, de ces braves en leur montrant le ciel.

Quand le chef des turcos crut que le curé
avait regagné sa demeure, il ouvrit la petite
porte secrète dont on lui avait remis la clef, et
se glissa, suivi de ses compagnons, hors de
l'église.

La sortie s'exécuta dans le plus profond silence ; les turcos employaient, pour éviter
l'ennemi, les moyens qui leur avaient servi si
souvent pour le surprendre.

Ils rampaient, et aucun abri n'échappait à
leurs regards.

Déjà ils avaient franchi le cimetière sans être
aperçus, et ils étaient dans la plaine, lorsqu'un
Qui vive? retentit.

Au lieu de répondre, le commandant des
turcos donna le signal d'une fuite précipitée.

Un coup de feu retentit, puis un second.

Un turco fut grièvement blessé, les autres
étaient hors d'atteinte.

Mais l'alerte était donnée. Bientôt les Prussiens furent sous les armes.

Sur les indications des sentinelles, ils se
mirent à la poursuite des turcos et massacrè-
rent, en passant, le blessé qui n'avait pu continuer sa fuite.

Les fugitifs ne tardèrent pas à apprendre par

7

les coups de fusil qu'on tirait au hasard dans leur direction, qu'ils étaient poursuivis.

Ils continuèrent leur course tout droit devant eux, sans savoir où ils se dirigeaient. L'important pour eux était d'échapper aux Prussiens.

C'est ainsi qu'ils arrivèrent à la frontière belge.

Là ils étaient sur une terre hospitalière.

LE SOUHAIT DE LA VIEILLE MARIANNE

Parmi les pauvres que secourait en 1867, chaque semaine, sœur Marthe, dispensatrice des aumônes du couvent de Sion, se trouvait la vieille Marianne. Son âge et un air de bonhomie et de franchise, engendraient la confiance, l'estime même.

Cette bonne vieille souffrait de ne pouvoir suffire, par le travail, à ses besoins. Elle cherchait quelque occupation en rapport avec ses forces, lorsqu'elle entendit parler de la promotion du prince Lucien Bonaparte au cardinalat. Ce nom lui rappelait sans doute d'agréables souvenirs, car elle manifesta une grande joie à cette nouvelle.

Immédiatement elle se rendit auprès de la sœur Marthe et lui dit :

— Vous qui écrivez si bien, vous pourriez me rendre un bien grand service : ce serait d'écrire à Lucien et de faire en sorte que je n'aie qu'à signer.

— A quel Lucien ?

— Eh bien ! à Lucien dont on parle tant depuis hier. Il a une si belle place maintenant.

— Au cardinal Lucien Bonaparte ?

— Oui.

— Vous plaisantez, ma bonne. Il est bien à craindre qu'il ne vous écoute pas.

— Lucien ne m'écouterait pas ? Lucien serait ingrat envers la vieille Marianne ? C'est impossible. Je connais trop bien son bon cœur.

La sœur Marthe, étonnée, ne savait que penser. Elle se demandait si la vieille Marianne ne perdait pas la tête. Marianne comprit sans doute ce qui se passait en sœur Marthe, car elle ajouta :

— Cela vous étonne, ma sœur ? Vous savez, cependant, que je n'ai pas toujours vécu d'aumônes. J'ai été cuisinière au collége Louis-le-Grand, où était le petit Lucien. C'est là que je l'ai connu. Je lui ai rendu quelques petits services. Il m'aimait bien ; il ne m'a pas oubliée, soyez-en sûre.

Elle parlait avec tant de chaleur, que sœur Marthe prit instinctivement une plume et écrivit sous sa dictée :

« Mon cher Lucien,

» Vous vous souvenez sans doute de la vieille Marianne qui, au collége, glissait tous les jours un morceau de sucre dans votre café, et qui, le vendredi, remplaçait le poisson, que vous n'aimiez point, par de petits gâteaux. Eh bien ! aujourd'hui, Marianne est devenue vieille et elle est sans ouvrage.

» Elle voudrait bien vous voir et obtenir une audience de l'impératrice.

» MARIANNE. »

Le lendemain, Marianne recevait une réponse affectueuse et une lettre d'audience. Elle se rendit immédiatement auprès de sœur Marthe et lui dit avec enthousiasme :

— Eh bien ! j'avais raison, Lucien ne m'a pas oubliée ; voyez cette lettre.

Le doute n'était pas possible : les armes, le cachet, etc., etc., rien ne manquait. La bonne vieille ne tarissait pas en éloges. Son Lucien était si bon, si gentil, quand il était au collége ! Il devait être bien meilleur encore maintenant

qu'il était évêque et cardinal. Dans son exaltation elle le voyait déjà pape. Les rêves coûtent
si peu et font tant de bien. Les illusions sont
de tous les âges.

Au jour fixé, Marianne met son bonnet blanc,
ses beaux souliers, son fichu et se présente
résolûment au palais. A la porte, on l'arrête.

— Où allez-vous ? lui demanda-t-on.

— Je vais voir Lucien, répondit-elle sans
s'arrêter.

— Vous ne pouvez passer.

— Comment ! je ne puis passer, lorsque Lucien lui-même m'appelle. Voyez, dit-elle en
montrant sa lettre d'audience.

Inutile de dire que la vue de cette pièce
changea subitement les dispositions du cerbère,
qui s'inclina profondément et la conduisit au
cardinal, en se recommandant à sa protection.

Le cardinal l'attendait, avec l'impératrice
entourée de ses dames d'honneur. Marianne
s'avance sans gêne, salue l'impératrice et se
dirige vers le cardinal.

— Oh ! je vous reconnais bien, dit-elle, en
lui prenant les mains. Toujours la même bonne
petite figure. J'avais bien dit que vous vous
souviendriez de Marianne.

— Est-ce que je pourrais oublier les morceaux de sucre et les petits gâteaux ? Lucien

sera bien heureux de pouvoir vous être agréable à son tour.

— Oui-dà, vous pouvez m'être utile. Vous êtes dans une belle position, dit-elle, en examinant la salle.

— Assez bonne, vraiment, répondit le cardinal en souriant. Y a-t-il quelque chose que vous désiriez particulièrement, ma bonne Marianne ?

Marianne, qui jusque-là avait parlé avec une grande aisance, hésita. Elle ne savait comment exprimer son désir.

— Eh bien ! Marianne? interrogea le cardinal.

— C'est que j'ai peur, dit-elle, toute déconcertée, de parler en présence de ces grandes dames. Si vous n'accédiez pas à ma demande !

— Oh ! Marianne. Vous doutez de moi ? Ça n'est pas bien.

— Non, non, je ne doute pas de vous ; je connais votre bon cœur. Eh bien ! puisqu'il faut le dire, je voudrais être allumeuse de cierges dans une église.

Un imperceptible sourire de cour plissa les lèvres des dames d'honneur.

— Cette demande exige une sérieuse réflexion, n'est-ce pas? dit le cardinal en s'adressant à l'impératrice.

— Certainement.

— Vous voyez bien, disait Marianne désespérée, qui prenait au sérieux cette petite comédie; vous voyez bien que j'avais raison de douter.

— Combien rapporte la position que vous convoitez? demanda l'impératrice.

— Environ deux francs par jour. Mais c'est maintenant inutile d'y penser, ajouta-t-elle, avec mécontentement.

— Calmez-vous, Marianne, lui dit enfin le cardinal, en lui serrant affectueusement les deux mains. Vous serez allumeuse de cierges.

— Vraiment ! Mais vraiment je serai nommée ?

— Quand je vous l'assure !

— Je sais bien que vous n'êtes pas menteur, repartit Marianne, qui ne se sentait plus dejoie.

— C'est entendu. Vous êtes contente, n'est-ce pas ?

— Oui, mais je désirerais bien cependant m'adresser à *Madame* l'impératrice.

— Que désirez-vous? demanda l'impératrice, avec un gracieux sourire.

— Avoir votre robe, quand vous ne la porterez plus.

— Quelle idée ! Que voulez-vous faire de ma robe ?

— Une robe pour la sainte Vierge, qui a exaucé mes vœux.

— La sainte Vierge ne porte pas de défroque, ma bonne Marianne. Je ferai mieux, j'achèterai une belle robe, que, demain, vous pourrez offrir à la sainte Vierge.

Marianne ne savait pas qui elle devait le plus admirer et remercier, de l'impératrice ou de Lucien. Mais son cœur et ses souvenirs la portaient vers son petit protégé, devenu maintenant son grand protecteur.

Le lendemain, on venait, de la part du cardinal, prendre Marianne dans son pauvre réduit, et on la conduisait dans un logement bien propre. Elle y trouva un petit mobilier, du linge et tout ce qui peut soulager la vieillesse.

Lorsque Marianne revit sœur Marthe, elle lui dit :

— Je suis riche maintenant, mais je ne serai point ingrate. Je n'ai pu parler de vous à ma première visite, cependant je ne vous oublierai pas.

Sœur Marthe partageait le bonheur et souriait de la naïveté de la bonne vieille.

Depuis lors, Marianne allume les cierges à l'église de Saint-Germain l'Auxerrois.

7.

UNE NUIT AUX CHANTIERS DU CANADA

Vous plaît-il, amis lecteurs, de nous suivre dans les déserts et sur les glaces du Canada? Nous ferons voyage en bonne, sûre et sainte compagnie, avec les RR. PP. Bournigalle et Reboul, de la congrégation des Oblats de Marie, qui se préparent à imiter leur divin Maître, et à aller à la recherche des brebis égarées ou du moins des brebis lointaines.

Après avoir prêché l'Evangile aux habitants d'Ottawa, les révérends Pères ont été désignés pour la mission des Chantiers. Nous sommes en janvier ; le froid sévit avec toute la rigueur d'un hiver canadien, les arbres sont couverts de leur linceul, les lacs et les rivières sont profondément gelés, les ours et les autres animaux carnassiers sortent de leurs gîtes et cherchent leur proie. Le voyage est loin d'être sans danger.

Les révérends Pères préparent les objets qu'ils doivent emporter sur leur traîneau. Cet aménagement demande beaucoup de réflexions et de soins. Il s'agit de ménager la place suffisante pour tous les bagages d'un missionnaire. La caisse, renfermant le vin de la messe et d'autres objets indispensables, forme un banc recouvert d'un sac de toile où sont enfermés deux couvertures de laine et le petit vestiaire des voyageurs. Les livres de cantiques, les chapelets, sont dans le dossier du banc. Dans d'autres compartiments se trouvent les marteaux, les clous, etc., etc. La caisse qui reçoit la chapelle est placée sur le devant; elle sert de dossier au conducteur.

Toutes ces dispositions prises, les deux révérends Pères se rendent à la chapelle de l'évêché, où l'évêque les bénit en appelant sur eux l'Esprit-Saint.

Bientôt après ils se revêtent de leur costume de voyageurs. Une ample robe de buffalo cache entièrement leur soutane, et le poil de cette tunique leur donne un air presque farouche. Les pasteurs des âmes ont revêtu la peau du loup.

Le sol a disparu sous un linceul blanc. Les lacs et les rivières sont les chemins qu'on préfère, parce qu'on n'y rencontre pas d'obstacles. Le froid est si grand au Canada, que tout y est gelé en hiver, et qu'on voyage sur les lacs et les fleuves avec autant de sécurité que sur la terre ferme. C'est le chemin que prirent les Pères en sortant d'Ottawa. Partis à midi, une heure après ils roulaient sur la glace. Le parcours de la première journée fut de 35 milles sur un lac. Ils eurent la bonne chance de trouver une auberge le soir, et y firent l'apprentissage du coucher aux Chantiers, en dormant tout habillés.

Mais qu'est-ce que les Chantiers où se rendent les missionnaires? Des spéculateurs réunissent de nombreux manœuvres, et les conduisent par escouades dans l'intérieur des forêts, qui appartiennent au premier occupant. Quand les ouvriers ont trouvé un endroit propice à une bonne exploitation, ils se fabriquent des cases en bois, où ils s'abritent la nuit contre les intempéries des saisons. Ils attaquent la forêt, dont les arbres, transportés par les rivières, deviennent l'objet d'un commerce important. C'est à ces diverses escouades de travailleurs que les missionnaires allaient rappeler qu'il ne suffit pas de gagner le pain matériel, et que l'homme vit aussi d'un autre pain.

Le lendemain, quelques ours ayant voulu s'approcher trop près des traîneaux, des coups de fusil les tinrent en respect. Comme la neige ne recouvrait la terre que depuis peu de temps, ils n'étaient pas affamés et restèrent à distance. Un presbytère offrit le soir aux missionnaires l'hospitalité canadienne.

Le troisième jour, après une tempête qui avait duré toute la nuit et qui sévissait encore, ils reprirent, dès sept heures du matin, leur course apostolique. La neige continuait de tomber en tourbillons qui les empêchaient de distinguer la voie. Ce fut une fâcheuse journée.

Une halte de deux heures dans un presbytère en adoucit les rigueurs. Mais cette halte fut trop longue. Elle devait rendre plus difficile la suite du voyage. Vers une heure, ils se remirent en route. La neige formait sur leur visage une couche de glace. Leurs sourcils et leurs cheveux blanchis par le verglas leur donnaient l'aspect de vieillards arrivés au dernier terme de la vie. Le froid glaçait leurs membres, et il n'y avait plus de presbytère sur la route. Il fallait arriver aux Chantiers ce soir-là. Mais comment y parvenir?

Pendant cinq heures, ils suivent la rivière
Noire, et à la tombée de la nuit ils sont dans
les bois. C'est une première difficulté vaincue,
ils sont près du but ; mais une difficulté plus
grande reste à vaincre : comment s'orienter ?

Une courte explication suffira pour faire comprendre leur embarras. L'emplacement d'un
chantier est choisi dans le voisinage d'une rivière et sur un plateau assez élevé pour être à
l'abri des eaux au moment du dégel, mais situé en même temps de façon à ne pas être exposé aux ouragans de l'hiver. Autant que possible on construit le chantier au centre de l'exploitation, afin de ne pas obliger les ouvriers à
faire plus de 3 à 4 milles, en tous sens, pour
vaquer à leurs travaux. Les hommes se divi-
sent chaque matin en bandes de cinq ou six ouvriers, dans différentes directions. Les piqueurs
abattent les arbres, les dégrossissent et les livrent aux équarrisseurs. Les charretiers char-
gent ces pièces sur des traîneaux et les conduisent à la rivière. Comme le bois ne coûte rien,
on ne craint pas de multiplier les routes.

Ces chemins qui s'entrecoupaient de mille
manières et qui étaient presque tous également
frayés, mirent les missionnaires dans une
grande perplexité. Il n'eût été ni agréable ni
sûr de coucher à la belle étoile. D'ailleurs ils

devaient commencer ce soir même leurs travaux apostoliques. Mais comment résoudre la
difficulté ? Lorsqu'il n'y a pas de neige, on distingue facilement le chemin que suivent les
voitures et les traineaux qui, chaque semaine,
conduisent des barils de lard et de farine, des
balles de foin au chantier ; mais en ce moment
ces traces étaient recouvertes de neige.

Heureusement qu'au milieu de ces vastes
forêts, le plus souvent auprès des lacs, il y a
ce qu'on appelle les prairies de castors. On y
récolte une grande quantité de foin, que les
bœufs et les chevaux mangent volontiers,
lorsque, pendant l'automne, on a pris soin de
le saler. Les voitures, en conduisant ce foin,
laissent tomber des débris dont la position indi-
que de quel côté se trouve le chantier. Mais
lorsque la neige a recouvert les ornières, ainsi
que les débris de foin et de paille, il faut écarter avec soin, à l'aide d'un bâton, la première
couche, et chercher les signes indicateurs.

Les missionnaires cherchèrent longtemps ces
indices, qui pour eux étaient le fil d'Ariane dans
ce nouveau labyrinthe. Pour comble de malheur, l'obscurité les enveloppa bientôt, et les fils
conducteurs devinrent plus difficiles à distinguer. Ils devaient écarter prudemment la neige
avec leurs mains et s'assurer de leur présence.

Enfin, après avoir gravi et descendu plusieurs montagnes et traversé trois lacs, ils découvrirent un chantier. Il consistait en une charpente à vastes dimensions, faite de troncs d'arbres superposés et dont les interstices étaient garnis avec de la mousse.

Les missionnaires entrent et y rencontrent trente-huit hommes accroupis auprès d'un grand feu et occupés à prendre leur repas. A leur apparition inattendue, un cri s'échappa :

« Voilà les Pères ! »

Un bon mot du P. Reboul excita l'hilarité générale. Le ris est le compagnon ou le prélude de la confiance. Le crucifix qui brillait à la lueur du foyer sur la soutane noire suggéra quelques pensées pieuses aux jeunes gens, qui se dirent les uns aux autres : « Il faudra se confesser aujourd'hui. »

Suivant le conseil donné par saint Paul de se faire tout à tous, les missionnaires s'efforcent de gagner la confiance de leurs hôtes. Ils parlent leur langage, s'informent de leur santé, de leurs intérêts, et ils cherchent à s'insinuer dans les bonnes grâces du contre-maître.

Pour mieux connaître l'esprit de leurs auditeurs et se les rendre favorables, les Pères firent quelques récits intéressants. C'est surtout dans ces froides solitudes qu'on goûte bien ces paroles du poëte :

Ah ! qu'il est doux d'entendre des histoires,
Des histoires du temps passé,
Quand les branches d'arbres sont noires,
Quand la neige est épaisse et charge un sol glacé!

Ces récits ayant été écoutés avec intérêt, les Pères augurèrent bien de leur auditoire.

Ils amenèrent insensiblement la conversation sur la confession. Lorsque le P. Reboul crut le moment venu, il éleva la voix et dit : « Nous avons assez ri maintenant, le sermon va commencer. »

Les hommes se rangèrent sur des bancs disposés le long des murs ; les chantres se réunirent au P. Reboul, qui entonna un cantique, dont il chanta le couplet en solo ; tous les assistants répétèrent le refrain. Le sermon fut prêché par le P. Bournigalle. Puis vint le grand mot : « Qu'on dresse des couvertures aux deux coins du chantier, chacun viendra faire sa confession. »

Il y eut quelques récalcitrants. Mais leurs compagnons les entourèrent et les convainquirent. Ils tombèrent à leur tour à genoux aux pieds du prêtre et se relevèrent réconciliés avec Dieu.

Le lendemain, le divin Rédempteur descendit au milieu de ces bûcherons. Ce sont des bergers qui ont appris les premiers la bonne nouvelle, et le Fils du charpentier, comme l'appelaient les Juifs, se plaît parmi les ouvriers.

Les Pères distribuèrent ensuite des souvenirs de la mission : des chapelets, des livres de prières, de cantiques.

Il y eut ce jour-là régal extraordinaire. Au lieu de la ration quotidienne de porc bouilli, le cuisinier avait préparé des grillades de lard et des fèves cuites à l'étouffée. La plus franche gaieté assaisonna le festin.

C'est à regret que les missionnaires quittèrent les habitants du chantier ; mais d'autres les attendaient. Ils reprirent le jour même leur course apostolique.

En deux mois et demi, les deux Pères visitèrent cinquante-cinq chantiers et entendirent treize cents confessions. Ils eurent parfois à lutter contre l'ignorance, les préjugés ou les passions... Mais ils triomphèrent de tous les obstacles.

Au milieu de ces forêts, on trouve souvent des âmes rudes et violentes, rarement des hommes pervertis.

Le dévouement des missionnaires qui vont à travers tant de fatigues et de périls chercher si loin les ouvriers des chantiers, touche ces hommes simples, et Dieu fait le reste.

DEUX LÉGENDES DU PAYS DE LIÉGE

Plongé dans une douce somnolence, je rêvais aux accords d'un concert harmonieux, lorsque la porte de mon compartiment s'ouvrit avec fracas.

Une voix stridente cria :

— Liége !

J'étais arrivé.

Une députation de deux cents *riflemen* anglais attendait à la gare l'arrivée du bataillon des gardes nationaux français. Nous fumes accueillis aux cris mille fois répétés de :

— Hurrah ! hurrah !

Le colonel Thomson a adressé un discours à notre commandant Treitt, qui a répondu avec beaucoup d'à-propos qu'il était heureux de se rappeler que la Belgique avait eu pour marraines l'Angleterre et la France, et qu'il désirait voir la Belgique libre et indépendante.

Cette réception tout officieuse et spontanée a été très-émouvante.

On ne pouvait voir sans étonnement nos neuf cents hommes de la garde nationale défiler devant les Anglais. Les sentiments changent avec le temps, et ceux qui furent, pendant plusieurs siècles, nos ennemis, deviennent presque des frères pour nous depuis qu'ils ont mêlé leur sang avec le nôtre sous les murs de Sébastopol.

Liége, l'ancienne ville des princes-évêques, est remarquable, moins par sa population, qui atteint à peine cent mille âmes, que par son industrie et sa situation pittoresque sur les bords de la Meuse, ce fleuve charmant que bordent dans tout son cours des rochers qui, à chaque pas, varient d'aspect.

Quelle animation, quel bruit dans les rues étroites de Liége, qui attend encore son Haussmann! Aux gares où affluent les étrangers, dans les établissements publics qu'ils visitent, on remarque partout des gardes nationaux

français, des *riflemen* anglais, des tireurs alle-
mands, des volontaires suisses.

A tout seigneur, tout honneur ! mes premiers
regards furent pour le bourgmestre ou maire
de Liége, qui, à l'hôtel de ville, entouré des
membres du comité central, recevait officielle-
ment les sociétés d'archers, d'arbalétriers, de
canotage, d'harmonie et de fanfare.

A midi, eut lieu la distribution des médailles
commémoratives, qui furent décernées par les
blanches et belles mains des dames et demoi-
selles de Liége. Ces dames sont gracieuses,
charmantes et d'une rare distinction.

Liége n'a pas oublié qu'elle est située sur la
Meuse : elle a organisé des régates. Ces courses
nautiques m'ont toujours plu. J'admirais ces
bateliers dont les bras nus et nerveux lançaient
leurs barques en faisant jaillir des tourbillons
d'écume. On distinguait les efforts des bateliers
qui se sentaient devancés, la joie de ceux que
la force et la prudence avaient placés aux premiers rangs ; leurs regards avides, leur redou-
blement d'énergie en approchant du but ; enfin
le cri de victoire du vainqueur.

La fête de nuit du Jardin d'acclimatation fut
splendide. On aurait dit que l'Europe s'y était
donné rendez-vous et que la Belgique entière

avait transporté tout son luxe à Liége pour y fêter dignement ses hôtes.

Rien ne manque à l'hospitalité de MM. les Belges.

Maintenant, amis lecteurs, permettez-moi de prendre quelque repos. Demain je serai plus frais et plus dispos pour parcourir la ville et faire la peinture des merveilles que je ne déséspère pas de découvrir, et le récit de quelque légende, sans préjudice, bien entendu, de la narration des fêtes.

A demain donc, si je ne vous ai pas trop ennuyé aujourd'hui...

À peine l'Aurore aux doigts de rose...... que je suivis quelques curieux qui se rendaient dans l'ancien palais des princes-évêques de Liége.

On sait que le pays de Liége, dont le territoire était bien plus considérable que la province belge qui porte ce nom, fut gouverné jusqu'en 1789 par des princes qui étaient en même temps évêques.

Saint Hubert, le patron des chasseurs, né en 657 et mort en 727, fut le premier évêque de Liége.

La réunion du pouvoir temporel et du spirituel donnait lieu à bien des inconvénients. L'empereur d'Allemagne, dont relevait la principauté de Liége, nommait parfois des princes que le pape refusait de reconnaître comme évêques.

On raconte, à ce sujet, un fait assez plaisant, dont on ne garantit pas entièrement l'authenticité, mais qui mérite d'être rapporté.

Le pape avait lancé au moyen âge un bref contre les théâtres, qui trop souvent représentaient des pièces dangereuses.

Un prince-évêque de Liége, non reconnu par le pape, n'en fut pas trop satisfait. Mais qu'y faire?

Comme évêque, il se soumit.

Mais il était prince, il aimait le théâtre et ne voulait pas s'en priver.

Un jour qu'il s'apprêtait à se rendre au spectacle, un chanoine, fidèle observateur des lois de l'Eglise, lui rappela le bref papal.

— Eh! je ne l'ai pas oublié, répondit le prince-évêque avec mauvaise humeur.

— Et vous allez néanmoins au spectacle?

— Ce n'est pas commme évêque que j'y vais, mais comme prince.

— Oui ; mais, repartit avec finesse le chanoine, si le prince va en enfer, où l'évêque ira-t-il?

On attend encore la réponse.

Voilà ce quo j'appris dans ma visite à l'ancien palais des souverains de Liége.

Cette ville a aussi donné le jour au célèbre Mathieu Laensberg, dont les prédictions astronomiques, qui ont commencé en 1656, sont lues depuis deux cents ans par les femmes et les enfants.

Liége est vraiment la ville aux sites pittoresques et aux récits légendaires. Ce matin, j'ai gravi une montagne qui domine la ville, et sur laquelle les ingénieurs ont exercé leur génie à faire un plan incliné que montent avec peine les locomotives par des rampes assez habilement calculées. Du haut de cette colline, je jouissais d'un horizon à souhait. Les toits des habitations liégeoises reflétaient les premiers rayons du soleil. Elle est vraiment belle, cette ville entourée presque de tous côtés par des collines et assise sur les bords d'un fleuve majestueux.

Mes yeux, en suivant le cours de la Meuse, découvraient dans le lointain plusieurs châteaux féodaux en ruine, sur des rochers à pic. En ramenant mes regards vers la ville, j'apercevais des villas modernes assises sur les bords enchantés du fleuve.

J'étais immobile, rêvant au passé que me rappelaient ces ruines, qui renferment tant de souvenirs. Je rêvais sans doute tout haut, ou mes gestes exprimaient ma pensée, car un

vielllard, qui, lui aussi, faisait une promenade
matinale, s'avança vers moi :

— Vous paraissez admirer l'horizon qui se
déroule à vos yeux, me dit-il en souriant.

— Et vraiment il en en est digne ! répondis-
je après avoir jeté un coup d'œil sur mon in-
terlocuteur. Auriez-vous l'obligeance de me
dire, Monsieur, quelles sont les ruines que j'a-
perçois là-bas ? lui demandai-je, en indiquant
un rocher à pic, qui se trouvait environ à deux
lieues au sud de la ville,

— Ce sont les restes du *château de Chièvremont*, auquel se rattachent de bien terribles
souvenirs.

— Quelque légende sans doute ?

— Des faits historiques, Monsieur, que les
récits légendaires ont seulement embellis.

— Seriez-vous assez aimable pour me les raconter ?

— Bien volontiers.

8

LE REPAIRE DE CHIÈVREMONT

En 970, la ville de Liége était exaspérée par
les déprédations du seigneur de Chièvremont.
Bâti comme un nid d'aigle sur une montagne
inaccessible, le château d'Imon était un
vrai repaire où quatre cents hommes d'armes,
sous les ordres d'un chef terrible, dépouillaient
les passants. Tout marchand qui allait à Liége
et passait à proximité de Chièvremont sans
avoir acheté un sauf-conduit du seigneur
Imon, était dépouillé; s'il résistait, sa mort était
certaine. Les bourgeois qui s'aventuraient loin
des murs de la ville risquaient de tomber dans

une embuscade. Toute maison riche qui ne pouvait soutenir un siége était pillée.

Ce qui avait accru l'audace du seigneur ou plutôt du brigand qui commandait à Chièvremont, c'est qu'une vacance forcée après la mort du dernier évêque, avait eu lieu dans le gouvernement de la principauté de Liége.

Notger fut enfin élu prince-évêque et résolut de protéger les biens et la vie de ses sujets en refrénant l'audace des bandits.

Mais, en disciple du Christ, qui veut la conversion et non la mort du pécheur, il s'adressa à Imon et lui offrit tant d'avantages, s'il voulait renoncer à sa vie coupable, que le brigand fut ébranlé. Il en parla même à ses hommes d'armes, auxquels il faisait une large part du butin.

Mais non loin d'Imon se trouvait une femme, la veuve d'un brigand célèbre, Henri de Marlagne, dont la fermeté du prince-évêque avait déjà fait justice. Les charmes de cette femme fascinèrent le seigneur de Chièvremont, qui promit de rejeter les propositions de Notger si elle consentait à l'épouser.

Le marché fut conclu et Imon se prépara à la résistance.

Ce qui lui inspirait confiance, c'est que son repaire ne pouvait être pris de vive force, et qu'il avait des vivres pour plus d'une année.

Les pillages, les attaques nocturnes recommencèrent, et l'audace des brigands semblait défier la justice du prince-évêque, au point que habitants tremblaient dans leurs demeures et n'osaient presque plus sortir.

La femme d'Imon l'encourageait dans ses sinistres exploits, et applaudissait lorsqu'on lui apprenait qu'un des hommes d'armes du prince-évêque avait été tué, ou qu'un officier de justice avait été mis à rançon.

Mais ceux qui se livrent à l'esprit du mal ne sont jamais satisfaits. Le vice est un ver rongeur.

Cette femme que les crimes réjouissaient, résolut de fêter à sa manière la naissance d'un enfant qu'elle allait donner au seigneur de Chièvremont. Elle conçut un plan infernal, comme si sa vie coupable n'appelait pas assez les foudres célestes.

Voici le plan que l'imagination perverse de la femme du brigand qui commandait à Chièvremont, avait conçu.

— Faites semblant de revenir à résipiscence, dit-elle à Imon. Cessez pour quelque temps vos attaques, et, comme je viens de vous donner un fils, vous demanderez au prince-évêque de venir baptiser notre enfant. Satisfait de votre soumission apparente, il viendra, sans nul doute, accompagné d'un grand nombre de notables liégeois, des dignitaires de son clergé. Nous pendrons les premiers aux créneaux de nos tours, et nous mettrons les autres à rançon. L'évêque sera bien forcé de signer une charte que nous accordera l'indépendance, et vous nommera haut avoué de la Hesbaye.

Imon, subjugué par sa femme, se rendit à ses désirs. Ses envoyés furent accueillis avec bienveillance par l'évêque; mais le peuple de Liége, irrité des déprédations des bandits de Chièvremont, ne pouvait admettre qu'on leur fît grâce, tandis que l'évêque réfléchissait de son côté que ses devoirs de prince l'obligaient à veiller sur la vie et les propriétés de ses sujets, et qu'il devait saisir l'occasion qui lui était offerte de s'emparer enfin du repaire de Chièvremont. Le prince-évêque conçut un plan dont il espérait les meilleurs résultats.

Au jour fixé pour le baptême, ce fut avec bonheur que la femme d'Imon aperçut dans le lointain se dérouler une longue file de gens d'église revêtus de chapes, de surplis, de dalmatiques qui précédaient l'évêque accompagné de ses chanoines.

— Ils sont bien nombreux, fit un des archers.

— Tant mieux, repartit Anne de Chièvremont,

8.

la rançon sera plus forte et la vengeance plus complète.

En parlant ainsi, elle souriait à son mari, tandis qu'au pied du château se déroulait la brillante procession.

Imon, sous prétexte de faire honneur au prince-évêque, mais en effet pour que personne ne pût lui échapper, avait fait ranger ses quatre cents soldats sur deux haies.

La procession s'étendit aussi sur deux rangs en face des bandits.

Aussitôt que Notger fut entré, on ferma les portes, à la grande joie d'Anne, qui s'écria :

— Enfin ! nous les tenons.

Mais son allégresse fut de courte durée.

Le prince-évêque, s'avançant vers Imon, lui lui dit avec autorité :

— Seigneur Imon, je vous ordonne de sortir immédiatement de cette forteresse.

— Mais vous ne parlez pas sérieusement, seigneur évêque, répondit Imon, étonné de l'audace de Notger qui osait le braver jusque dans son repaire.

— Comme prince, fit Notger avec majesté, j'ai seul le droit de tenir garnison. Je vous ai promis ample compensation, si vous vouliez obéir. Si vous résistez, vous et les vôtres succomberez sous la vaillance de mes soldats.

Pour toute réponse, Imon poussa un cri de rage et donna à ses bandits le signal convenu. Mais il fut prévenu par Notger.

Aussitôt camails, chapes, surplis tombèrent à terre et dévoilèrent six cents hommes d'armes, revêtus de cuirasses.

On peut juger de la stupéfaction d'Imon et de ses bandits, sur lesquels fondirent les valeureux Liégeois, qui avaient à punir les nombreuses exactions dont ils avaient souffert si longtemps.

Cependant les bandits résistèrent au premier choc. Anne les encourageait de la voix et du geste. Imon était partout. Mais, après une heure d'un combat acharné, tous les bandits furent tués ou désarmés.

Imon, en se défendant, fut acculé sur le bord du rempart et précipité sur les rochers, où il perdit la vie, tandis que sa femme périt dans le grand puits de Chièvremont, qui formait un véritable abîme...

Le récit était terminé depuis longtemps, et cependant je réfléchissais encore à cet événement tragique, en considérant, presque avec effroi, les ruines du château de Chièvremont.

Enfin je relevai la tête et je dis au narrateur :

— Dans le cours de votre récit, vous avez fait mention du brigand Henri de Marlagne, qui tomba sous les coups de la justice de Notger avant la mort d'Imon.

Je ne doute nullement que vous connaissiez aussi les péripéties de ce drame.

— Ma mère me l'a raconté lorsque j'étais bien jeune encore.

— Auriez-vous l'obligeance de me le narrer ?

— Bien volontiers.

Le vieillard, s'étant recueilli quelques instants, parla ainsi :

LE BRIGAND DE MARLAGNE

Un homme marchait rapidement, allant de
rue en rue, s'arrêtant devant des maisons qui
lui semblaient familières, donnant un signal
partout répété le même et prononçant quelques
paroles à voix basse.

Henri de Marlagne semblait connu de tous
dans la ville de Liége : des pauvres, qui le
saluaient avec déférence; des riches, qui, n'osant
lui témoigner toute la répulsion qu'il leur inspirait, trahissaient leurs craintes par un salut
forcé; des agents, qu'il osait coudoyer et regarder en face, quoiqu'il fût le chef d'une bande

de 220 brigands, qui n'avaient que trop souvent rançonné les villages voisins, les faubourgs et la ville de Liége elle-même.

Cela semblerait invraisemblable si je ne me hâtais d'ajouter que le fait légendaire que je raconte, se passait au neuvième siècle, après le partage de l'empire de Charlemagne et les exactions des Normands.

Cependant, depuis quelque temps, Henri de Marlagne, dont l'audace n'avait autrefois plus de bornes, était inquiet. Notger, le nouveau prince-évêque, prince d'une énergie remarquable et évêque d'une grande sainteté, s'était promis de mettre un frein aux exactions des brigands, de les réduire et de les livrer à la justice.

Lorsque le chef des brigands rentra chez lui, il était si préoccupé, si inquiet, que sa femme, Anne Bouille, lui exprima son étonnement en ces termes :

— Mais qu'éprouves-tu aujourd'hui, Henri ? Toi dont je suis si fière à cause de ton audace, tu sembles inquiet. Qu'as-tu donc?

Au lieu de lui répondre, son mari lui dit :

— Prépare tout pour un festin qui aura lieu cette nuit.

— Tes amis, tes sujets, Henri, car tu es leur

maître, leur seigneur, leur oracle, se rendront
donc ici ce soir ?

— Oui.

— Quelque danger nous menacerait-il ?

— Ecoute, Anne ; le nouveau prince-évêque
me donne des inquiétudes. Je ne sais quel funeste pressentiment m'accable en ce moment
je réagis contre moi-même, mais c'est en vain.

— Quoi ! Henri, tu trembleras devant le pouvoir !

— Moi trembler ! Moi Henri de Marlagne....
Si tout autre que toi, Anne, avait prononcé
de telles paroles, déjà il ne serait plus,

En ce moment l'attention de la femme du
brigand fut attirée à la vue d'un étranger qui
semblait jeter un regard inquisiteur dans la
maison.

— Vois, Henri, dit-elle, quel est cet homme ?
Il s'éloigne.

Le brigand se pencha par l'unique fenêtre de
sa maison, et, revenant vers sa femme, il dit en
haussant les épaules :

— C'est un chanoine de Saint-Lambert.

Et il se mit à réfléchir, sans penser que le
danger qui le menaçait était à sa porte.

Le soir, les deux cent vingt brigands com-
posant la bande qui avait si souvent épouvanté la ville et les environs de Liége par leurs

vols et leurs exploits sanguinaires, se trouvaient réunis dans la vaste pièce qui formait le rez-de-chaussée de la demeure de Henri de Marlagne.

Lorsque les fumées du vin de Bourgogne commencèrent à monter au cerveau des bandits, qui ne se refusaient rien, puisqu'ils arrêtaient les convois qui se trouvaient à leur convenance et qui n'avaient pas payé le droit de passage, on raconta les exploits passés en se promettant de nouvelles prouesses; puis on parla de l'arrivée du nouveau prince-évêque Notger, de ses menaces et des dangers que pourrait courir la bande s'il mettait ses projets à exécution.

Henri de Marlagne laissa longuement discourir ses compagnons, dont les uns manifestaient leurs appréhensions, tandis que d'autres. sous les effets du vin de Bourgogne, qui donne souvent un courage factice, prétendaient que la bande était assez forte non-seulement pour résister aux hommes d'armes du prince-évêque, mais à tous les archers du monde.

Après ces discours pompeux, Henri d'un geste ordonna le silence et dit :

— Vous savez, mes amis, que je n'ai jamais tremblé; mais le courage n'exclut pas la prudence. Nous sommes connus à Liége. Le prince-

évêque sait la demeure de chacun de nous. Il
est à craindre que, si nous continuons à vivre
séparés, il ne nous fasse saisir à l'improviste, et
pendre isolément.

— Il n'oserait, fit une voix.

— Le chef a raison, firent plusieurs bandits.

— C'est toi, Harlet, continua Henri, qui as
dit que le Prince n'oserait nous faire arrêter.
J'en accepte l'augure; mais nous serons plus
forts contre le danger en vivant réunis.

— Vive la bande! s'écrièrent un grand
nombre de convives.

— Mais où pourrons-nous vivre ensemble et
en sûreté? objecta celui que Henri de Marlagne avait appelé Harlet.

— Mes amis, vous connaissez tous le seigneur
Imon, qui habite le château de Chièvremont
et qui nous a prêté souvent son concours contre
les archers du prince-évêque. Eh bien! Imon
nous offre son château pour demeure.

— A Chièvremont! à Chièvremont! s'é-
crièrent les bandits.

Quand l'enthousiasme fut quelque peu calmé,
Harlet objecta que, s'ils se réunissaient sur un
même point, ils risqueraient d'être surpris et de
périr tous ensemble.

— Chièvremont sera imprenable, dès que
nous y serons, répondit Henri de Marlagne.

9

— A Chièvremont! A Chièvremont! répétèrent les brigands.

Harlet semblait peu satisfait de cette résolution; mais, dans la crainte de se rendre suspect, il se tut.

Après un dernier toast à leur chef Henri de Marlagne et à leurs exploits, les brigands se séparèrent pour retourner chez eux, bien résolus de se trouver réunis dès quatre heures du matin, au château de Chièvremont, qui est situé à deux lieues de la ville de Liége.

A peine Harlet fut-il rentré à son logis qu'il se dirigea vers le palais du prince-évêque.

Il était onze heures et Notger allait se mettre au lit, quand on lui annonça Harlet.

Ordre fut aussitôt donné de l'introduire.

— Monseigneur, lui dit le brigand, la bande de Henri de Marlagne quittera Liége cette nuit.

— Quel attentat Henri de Marlagne se propose-t-il de commettre?

— Aucun.

— Que signifie alors cette excursion? Expliquez-vous. Où se rendent les bandits?

— A Chièvremont.

— Que vont-ils y faire? Prétendent-ils, par hasard, s'emparer de ce nid d'aigle qui me tient en échec?

— Non pas, Monseigneur. Henri de Marlagne, de connivence avec Imon, a choisi Chièvremont pour demeure et pour y braver votre puissance.

Notger comprit aussitôt tout ce que ce projet renfermait de menace et de désastres pour ses sujets. Il se promena de long en large, tantôt à pas précipités, tantôt lentement, selon que le mécontentement ou le doute dominaient son esprit.

Enfin il s'arrêta et, se tournant vers Harlet, il lui demanda à quelle heure les brigands se proposaient de quitter Liége.

— A deux heures, ils se seront tous dirigés vers Chièvremont.

— C'est bien, répondit Notger. Vous pouvez vous retirer.

Bientôt les hommes d'armes du prince-évêque furent convoqués. Divisés en deux cent dix-neuf escouades, dont chaque chef était mun d'un coude bien solide, ils parcoururent, vers minuit, les rues de la ville.

Le lendemain les habitants de Liége furent vivement émus. A la porte des deux cent dix-neuf brigands qui faisaient partie de la bande de Henri de Marlagne, deux cent dix-neuf corps inanimés pendaient dans le vide.

Justice était faite : les brigands n'étaient

plus et la ville entière poussa un soupir de soulagement.

Un ordre du prince-évêque fut bientôt proclamé : défense était faite de molester les familles des suppliciés.

Cependant Harlet était inquiet, quoiqu'il n'eût plus rien à redouter de ses compagnons qu'il voyait sans vie. C'est qu'il craignait que Henri de Marlagne, leur chef, n'eût échappé à la justice du prince.

Dans sa préoccupation, il se dirigea vers la demeure de Henri et n'en vit pas le corps pendu à la porte.

Il trembla.

— Je suis perdu s'il vit, se dit-il.

Et, dans son trouble, il regarda par la porte entr'ouverte.

Anne Bouille, femme de Henri de Marlagne, pleurait sur un cadavre.

Harlet comprit et il entra. Anne à sa vue jeta sur lui des regards étonnés, qui ne tardèrent pas à s'allumer de colère.

— Quoi ! dit-elle, vous ici ! Vous n'êtes donc pas mort comme vos compagnons ?

Tandis que Harlet, pour se donner une contenance s'efforçait de lui adresser quelques paroles de condoléance, Anne Bouille, sans être remarquée, tira de sa gaine le poignard de

Henri de Marlagne, et, se dressant devant Harlet, elle lui dit d'une voix stridente:

— D'où vient que vous seul surviviez à la bande? Ah! je comprends le rôle que vous jouiez hier!

Harlet n'eut pas le temps de répondre : le poignard de Henri de Marlagne l'atteignit au cœur.

Anne Bouille éperdue s'élança dans la campagne et se dirigea vers le château de Chièvremont, où elle périt avec la bande d'Imon, dont le courageux Notger ne tarda pas à faire justice, comme je vous l'ai raconté tout à l'heure.

LE CHATEAU DE MIRAMAR

Peut-on parler sans exciter l'intérêt et la compassion, du château de Miramar, qui rappelle de si pénibles souvenirs? C'est là que vécurent leurs plus belles années l'archiduc Maximilien et la princesse Charlotte, qui devaient bientôt étonner le monde par l'excès de leurs malheurs.

Quelle plus grande infortune peut atteindre la triste humanité : la mort sous sa forme la plus affreuse, la mort par les balles mexicaines, à Queretaro, et cette autre mort plus horrible encore peut-être, celle de l'intelligence?

La splendeur du palais de Miramar fait mieux sentir encore l'infortune de ses anciens maîtres. Le goût artistique de l'archiduc Maximilien se révèle dès l'entrée du vestibule. Parmi les meubles on remarque tout d'abord des tabourets en tapisseries, à fond bleu traversé par une croix noire. Dans chaque carré formé par les branches de croix sont brodés un ananas couleur d'or et une ancre. Ces armes singulières sont celles de Miramar; elles viennent d'une gravure trouvée dans les fouilles entreprises pour asseoir les fondations du château. L'impératrice prit autrefois plaisir à broder elle-même ces tapisseries. Cette croix noire sur ce fond bleu-ciel, qui est la couleur de tout l'ameublement du palais, produit un effet singulier.

Du vestibule on passe dans la bibliothèque, haute de plafond, et garnie entièrement de livres richement reliés. Sur la table de lecture est une statuette admirablement exécutée, du vieux prince de Metternich, un buste d'Homère, celui de Dante, çà et là de précieux albums ornementés d'ivoire et de coraux, qui semblent avoir été travaillés par la main des fées. Dans un angle est un grand fauteuil en bois sculpté de Venise; c'est dans ce fauteuil que Radetzki passa les derniers jours de sa longue et glorieuse existence.

De cette bibliothèque, on passe, à gauche, dans une petite salle dont la disposition est exactement celle de la cabine de la frégate *la Novarra*, sur laquelle Maximilien accomplit son voyage autour du monde. Là sont mille objets d'art. La boiserie, coupée en carreaux inégaux, est garnie de portraits, parmi lesquels on remarque une grande et belle photographie de l'impératrice Eugénie, placée non loin de celle de Beethoven.

Un grand escalier, construit dans le plus beau style de la Renaissance, conduit au premier étage, entièrement achevé. Voici le salon où Maximilien reçut cette couronne qui devait lui coûter la vie. Dans l'un des angles de cette salle est un petit meuble à panneaux de Sèvres, ornés de deux médaillons en pâte tendre, représentant des Amours. Monté sur deux pieds dorés rattachés par de fines guirlandes d'or admirablement fouillées, ce meuble, parmi tous les ornements sévères qui l'entourent, apparaît gracieux et vous attire; mais, quand vous apprenez que vous avez devant les yeux l'ancien secrétaire de Marie-Antoinette, le charme fait place à la terreur. Les deux bras rougeâtres de l'échafaud semblent projeter leur ombre sinistre sur ce meuble charmant et coquet.

C'est à ce secrétaire que s'est assise aussi la princesse Charlotte, dont l'infortune égale presque celle de Marie-Antoinette.

On s'éloigne le cœur ému. C'est sous l'impression de ces pensées qu'on arrive, peu d'instants après, dans la salle du trône. Les grandeurs et les misères humaines se touchent. Cette salle du trône, achevée hier, est empreinte d'un caractère grandiose et artistique tout à la fois. Tous les portraits en pied des empereurs romains se détachent lumineux du milieu des boiseries sombres, que rehaussent quelques simples filets d'or.

A gauche, une cheminée gigantesque en marbre noir veiné de gris ; au-dessus une vaste composition allégorique, dont Maximilien dessina les cartons. En face, à droite, un immense cadre où, dans des cartouches d'or, apparaît l'arbre généalogique des Habsbourgs ; au fond, dans une sorte de réduit, une table ronde, chef-d'œuvre de marqueterie, quatre grands fauteuils et enfin, à l'autre bout, le trône.

Ce trône, posé au sommet d'une petite estrade formée par quatre marches, ne ressemble à aucun trône connu. Il consiste en une simple banquette montée sur des pieds de griffon dorés et recouverte en damas violet. Deux rideaux de velours forment baldaquin au-des-

9.

sus ; ils servent en même temps de cadre à un
portrait de grandeur naturelle de l'empereur
Maximilien en costume de cérémonie. Ce portrait, peint à Mexico, est détestable comme
peinture, mais on le dit très-exact comme res-
semblance.

La chambre à coucher, située non loin de
cette salle, est remarquable par sa simplicité.
Sous un grand baldaquin aux épais rideaux
de damas broché bleu de ciel, sont deux lits
fort simples, réunis dans une même courte-
pointe bleue. Au-dessus du chevet, accrochées
à la muraille, sont deux peintures encadrée,
de bois noir. Ces peintures viennent de Jérusalem : l'une représente la mise au tombeau de
l'Homme-Dieu ; la seconde peinture, accrochée
au-dessous, est une tête d'*Ecce Homo*. Cette
peinture, qui ne porte aucun nom, est saisis-
sante ; chaude et bistrée comme les grandes
œuvres de l'école vénitienne, elle rappelle par
sa touche vigoureuse l'âpre pinceau de Ribera.
Cette tête admirable a une expression na-
vrante : toutes les douleurs de la nature humaine
semblent avoir tordu les muscles de ce visage.

L'empereur Maximilien a eu aussi son Judas !

Ce tableau nous apprend quelles graves
pensées occupaient le propriétaire de ce château splendide et des jardins magnifiques qui

l'entourent. Si le château est une merveille, le jardin est une féerie. Il y a vingt ans que là était une montagne nue, rongée par la mer et granulée par le soleil. On a scié la montagne, et sur les flancs découpés et taillés en plate-forme, on a apporté de la terre, on a fait venir de l'eau, et maintenant la plus belle flore de l'Orient et des pays asiastiques croît, gigantesque et parfumée, à côté de la flore plus modeste, mais belle aussi, de notre Europe. Miramar est maintenant un souvenir, un riche musée, un monument.

Hier, un visiteur s'est présenté au château de Miramar. C'était un personnage auguste. Il a laissé sa suite à l'entrée de la cour d'honneur, et il est entré suivi d'un seul aide de camp. D'abord il s'est arrêté sur la terrasse d'où est parti l'infortuné Maximilien pour aller régner, pour aller mourir sous les balles mexicaines. — « Maximilien, a-t-il murmuré d'une voix entrecoupée, c'est ici que nous nous sommes dit adieu. » Quand il est entré dans les appartements, un sanglot s'est échappé de sa poitrine avec ces mots prononcés d'une voix entrecoupée : « Mon frère, où es-tu?…. » Vous avez reconnu l'empereur François-Joseph.

LES DERNIERS MOMENTS D'UN RAJAH

DE MYSORE (HINDOUSTAN)

On a souvent dit et répété avec raison que les nations, comme les individus, sont esclaves des coutumes, soit locales, soit générales. Les usages nous saisissent, pour ainsi dire, au berceau, nous harcèlent pendant toute notre vie, et ne nous abandonnent qu'à notre dernier soupir, ou plutôt ils nous poursuivent jusqu'au delà du tombeau, en forçant d'autres nous-mêmes à suivre leurs lois, lorsqu'ils nous rendent les derniers devoirs et nous accompagnent à notre dernière demeure.

Les peuples civilisés, aussi bien que les bar-

bares, l'ancien comme le nouveau monde, subissent les usages, qui varient à l'infini et font
le désespoir des voyageurs.

L'Asie et surtout l'Inde, ce pays des mille et
une nuits, a des coutumes qui méritent d'être
signalées à l'attention de nos lecteurs. Nous ne
parlerons pas aujourd'hui de ces usages cruels
et inhumains qui exigent que, dans certaines
parties de l'Inde, les femmes et un certain nombre de serviteurs soient brûlés vifs à la mort
du chef de la famille, afin d'aller le servir au
delà du tombeau.

Dans la contrée qui a Mysore pour capitale,
cette coutume barbare n'existe pas. Nous pouvons donc sans frémir entrer dans le palais de
Darma-Rajah.

Depuis quelque temps, le rajah s'affaiblissait
visiblement. Les brahmes et les membres de la
famille royale, voyant approcher le moment où
le vieux roi allait mourir, le firent porter hors
de ses appartements et le placèrent sous la vé-
randa extérieure. L'usage ne permet pas à un
Hindou de caste de rendre le dernier soupir
dans l'intérieur de sa maison. C'est là que le
roi passa son dernier jour et reçut même la visite des autorités anglaises.

Les prières païennes et les aspersions de tous
genres ne furent pas épargnées. Le grand *gou-*

rou implorait Vichnou; les *saniassés*, religieux hindous voués au célibat, invoquaient Siva. L'heure suprême approchait.

Les parents du roi, désireux d'obtenir sa bénédiction, lui versent du lait dans la bouche; ils y introduisent aussi de l'eau puisée dans le Gange. La nature succombe enfin, et *Darma-Rajah* expire.

On emporte aussitôt le corps et on le dirige vers l'entrée principale du palais. Mais, afin que la demeure royale ne soit pas souillée par un cadavre, on fait un long circuit à l'extérieur. C'est devant l'entrée du palais que la famille royale, les brahmes et tout le peuple viennent contempler une dernière fois les traits du rajah; c'est là aussi que se fait l'opération du bain, accompagnée des cérémonies ordonnées par les brahmes.

Le lendemain, dès onze heures du matin, le bruit du canon annonce la cérémonie des funérailles. La foule se dirige vers le cimetière royal, distant du palais d'environ un demi-mille.

En tête du cortége s'avance un éléphant dont le cornac tient un parasol d'or. Il est suivi d'un autre éléphant caparaçonné d'or et orné de deux clochettes d'argent qui lui battent les flancs.

Son conducteur est à pied, car personne, pas même le roi, ne peut monter cet éléphant, que

l'on vénère à l'égal d'une divinité. Il porte sur
son front le *trinamâ*, triangle formé par deux
traits blancs et un trait rouge. Le dieu-cheval
marche au troisième rang. Ce n'est encore
qu'un dieu en herbe, car Vichnou, suivant une
stupide croyance, ne doit s'incarner dans le
cheval qu'à la fin du monde. Ce cheval est richement caparaçonné et porte sur le front le
namâ horizontal, dans lequel est inscrit *Cris-
chnou* (appellation royale). Il est orné d'une
guirlande de fleurs, comme l'éléphant qui le
précède.

On distingue ensuite la vache-déesse, capa-
raçonnée d'or, portant la namâ et conduite par
une corde de soie. Viennent enfin les statues
des divinités hindoues : Siva, Vichnou, Rou-
tran, Basoa, le Serpent, le Scorpion, le Triton,
le Porc, le Paon, la Tortue, le Limaçon, que
l'on regarde comme autant d'incarnations de
Vichnou. Les saniassés accompagnent leurs divinités.

Les porte-lance, les silédors, les cipayes,
les éléphants chargés du fauteuil royal et de
grosses caisses en argent, précèdent immédiatement le corps du défunt, que portent sur un
palanquin découvert huit personnages de la famille de la caste du roi.

Pendant tout le trajet, on répand sur le corps

des fleurs mêlées d'une poussière dorée et argentée. On jette au peuple d'innombrables roupies. Les musiques royales jouent sans discontinuer ; mais leurs bruyants accords sont couverts par les gémissements, les lamentations, les cris d'une foule immense accourue de Mysore.

Lorsque le corps est arrivé au cimetière royal, les brahmes commencent leurs aspersions. Vers les trois heures du soir a lieu la cérémonie de la combustion. Les brahmes font évacuer la place et se livrent aux apprêts de cette opération suprême.

Un bûcher formé de bois de sandal, haut d'environ quatre pieds et long de six, se dresse à dix pas du cadavre. Les brahmes y déposent le corps du roi, et son petit-fils, approchant du bûcher une torche résineuse, y met feu. Dès que la fumée s'élève, la foule s'agite ; les musiques se font entendre ; bientôt ce n'est plus un bruit humain, ce sont les mugissements d'un océan en courroux. Pour activer le feu et pour accomplir un rite, on jette sur le bûcher du riz et du beurre fondu (*ney*). Puis, le petit-fils du roi prend un *codam* plein d'eau consacrée — cet instrument est un pot en terre percé de trois trous — et fait trois fois le tour du bûcher. Il jette ensuite son codam et s'éloigne sans regarder en arrière.

Dès que le corps est consumé, on distribue aux brahmes les ornements et les habits du roi. On y ajoute un troupeau d'environ soixante bœufs et des roupies proportionnellement à leur dignité. Les pauvres reçoivent à leur tour une somme d'argent assez considérable. Le premier ministre donne même à la foule la permission de dévaster le magnifique jardin royal. C'est à qui grimpera le plus vite sur les cocotiers et s'emparera des plus beaux fruits.

La cérémonie du lavage des cendres a lieu le troisième jour après le décès. Le même cortége que celui du jour des funérailles quitte le palais. Le petit-fils du rajah s'avance à pied. On agite sur sa tête plusieurs éventails. Au cimetière est placée une statue en pierre qu'on a revêtue des ornements royaux : elle représente le monarque défunt. On verse entre ses lèvres du lait apporté dans un vase doré. Autour de la statue on dispose une vingtaine de feuilles de bananier, façonnées en forme de plats et couvertes des mets dont le rajah avait coutume de se nourrir.

Tout le monde s'éloigne, afin de permettre aux corbeaux de prendre leur part de cette nourriture royale. Les corbeaux d'ordinaire ne se font pas prier; mais dès qu'ils ont donné quelques coups de bec, pour le compte du roi, ils sont écartés respectueusement par la foule, qui se précipite ensuite en désordre sur les plats. C'est le signal d'un pillage indescriptible.

On procède ensuite au lavage des cendres, qui se fait au moyen du lait de coco. L'opération terminée, les brahmes font trois parts des cendres royales : l'une est jetée dans la Caveré, rivière sacrée; une seconde part est envoyée à Nangangoudy, lieu également sacré; la troisième est destinée à Nassipoor. Ce qui reste des ossements et des autres débris du mort est enfermé dans une boîte de sandal et transporté à Bénarès, la ville sainte, pour y être jeté dans le Gange. En passant par les ondes de cette grande divinité, l'âme royale, suivant la croyance populaire, ne saurait manquer de jouir de la félicité céleste.

Durant onze jours, on distribue d'abondantes aumônes aux pauvres.

Le onzième jour, nouvelle cérémonie, nouvelle procession. Le petit-fils du rajah se rend à un étang, désigné à cet effet, où, en signe de deuil, on lui rase la barbe et la chevelure. Dans le pandel voisin, un magnifique repas est préparé pour les brahmes.

Enfin, le trentième jour de deuil, il y a de nouvelles cérémonies, mais qui le cèdent aux premières en solennité.

Tels sont les hommages qu'on a rendus à la dépouille mortelle et à la mémoire du dernier rajah de Mysore.

UNE BATAILLE DANS LE DÉSERT

MgrLamy, retournant deFranceauNouveau-
Mexique, avec quinze missionnaires et cinq religieuses de Notre-Dame de Lorette, traversa,
pendant plusieurs centaines de lieues, les ré-
gions désertes du Kansas et du Colorado. Coucher à la belle étoile, sur la terre nue, faire
oreiller de sa chaussure, gîter dans la boue sous
les chariots, lorsque la pluie pénètre jusqu'aux
os, courir à cheval toute la journée, pendant un
soleil brûlant, être sans cesse aux aguets, pour
ne pas se laisser surprendre par les peuplades
sauvages, finir la journée sans souper, ou se
mettre en voyage sans déjeuner : voilà quelle a

été, pendant plusieurs mois, la vie de Mgr Lamy et des personnes qui l'accompagnaient.

Déjà la caravane avait été menacée plusieurs fois par les peuplades qu'elle traversait ou qui s'acharnaient à sa poursuite, lorsqu'il fallut en venir aux mains et livrer un combat qui a duré deux heures et demie.

Les missionnaires étaient campés sur les rives de l'Arkansas et le plus près possible du fleuve, afin d'éviter la surprise des Indiens couchés derrière les sinuosités de terrain, sur les petites collines qui, en cet endroit, bordaient la route.

La veille, ces maraudeurs guerriers avaient attaqué une autre caravane, tué trois hommes et volé cinq cent trente-trois bœufs.

A deux heures après midi, Mgr Lamy, qui, en cette circonstance, dut, dans l'intérêt général, prendre le commandement militaire de la caravane, transformée en troupe armée, envoya cinq hommes explorer les hauteurs environnantes. Une demi-heure après, ils furent aperçus courant de toute la vitesse de leurs chevaux et poursuivis par quatre cents Indiens. Deux de ces hommes furent sur le point d'être faits prisonniers.

Quelques instants après, les sentinelles aperçurent deux espions qui se sauvaient précipitamment vers le camp ennemi. Les Indiens furent ainsi informés que la caravane venait de faire passer de l'autre côté de l'Arkansas un char rempli d'eau-de-vie. Ils se couchèrent à plat ventre dans les broussailles et attendirent que plusieurs autres chars eussent passé, afin de diviser les forces de la caravane et d'augmenter leurs chances de butin, en tombant à la fois sur le camp et sur les chars menés à la rive opposée. Mais leur ruse fut découverte, on arrêta le transbordement. Le char passé fut seul en danger.

Les Indiens s'approchent ; mais à 700 ou 800 mètres du camp, ils s'arrêtent et forment un bataillon carré. Une autre troupe, partagée en deux bandes, traverse l'Arkansas à la nage, les uns au-dessus, les autres au-dessous du camp. Ces hommes se réunissent autour du char, qu'ils pillent et détruisent, après s'être enivrés d'eau-de-vie.

En même temps, le bataillon s'élance, à cheval, sur la caravane; mais une décharge, bien dirigée, le fait reculer. Rendus prudents, les Indiens veulent user de ruse. Ils s'approchent, en caracolant, à 200 ou 300 mètres, afin d'attirer les cavaliers à leur poursuite. Mais Mgr Lamy défend sévèrement de sortir de l'enceinte, protégée par les chars, disposés en cercle.

La caravane ne comptait que quatre-vingt-dix hommes bien armés. Si les vingt cavaliers qui faisaient partie de cette petite troupe se fussent laissés prendre au piège des cavaliers indiens, ils eussent été infailliblement enveloppés et massacrés.

Cependant les maraudeurs s'approchaient du camp en agitant leurs boucliers de peau de buffle et en tirant des flèches et des coups de fusil. Mais, comme les armes des Européens portaient plus loin que celles des assaillants, plusieurs d'entre eux tombèrent mortellement blessés.

Pendant que l'on se défendait avec courage, les religieuses priaient, moitié mortes d'effroi et cependant résignées à la volonté de Dieu. Elles se tenaient entre deux chars, à demi abritées par des lambeaux de peau de buffle, contre les balles et les flèches qui pleuvaient de tous côtés.

Après deux heures et demie d'attaques incessantes, les Indiens se retirèrent par petites bandes écartées les unes des autres, afin d'être moins exposés aux attaques de la caravane. Quelques cavaliers restèrent, à dessein, en arrière, afin d'attirer la caravane à leur poursuite. L'habitude des Indiens est de simuler une fuite et de revenir ensuite sur le camp vainqueur, pour le surprendre au milieu des réjouissances du triomphe. Quelques cavaliers, oublieux ou ignorant cette ruse de guerre, sortirent du camp et allèrent explorer le champ de bataille, où gisaient cinq chevaux et des dépouilles abandonnées : selles, brides, colliers ornés de perles, carquois, flèches, etc.

Tout à coup, une troupe de cavaliers indiens revient à toute vitesse et tombe sur les imprudents, qui, heureusement s'aperçurent à temps du danger et purent s'y soustraire.

N'ayant pu forcer le camp, les Indiens allèrent rejoindre leurs camarades sur l'autre rive de l'Arkansas, auprès du char abandonné. Ils s'enivrèrent à leur tour.

Cependant leur fête ne fut pas sans danger. Comme ils n'étaient séparés du camp que par la largeur du fleuve, plusieurs furent atteints par les balles que leur envoyait la caravane, et leurs cris de douleur se mêlèrent aux chants de réjouissance qui se prolongèrent jusqu'à la nuit.

Mais tout danger n'avait pas disparu. Vers dix heures, la troupe ennemie se mit en marche pour enlever, à la faveur de la nuit, les troupeaux de la caravane, placés entre l'Arkansas et le camp. Grâces aux vigilantes dispositions prises par Mgr Lamy, on s'aperçut de ce mouvement.

Tout le monde était à son poste. Avant que le défilé indien fût exécuté, une décharge générale atteignit ceux qui avaient déjà franchi le fleuve, ceux qui le traversaient et ceux même qui étaient sur l'autre bord. Les Indiens perdaient beaucoup de monde. Ils reculèrent et n'osèrent plus inquiéter la marche de la caravane qui avait su si bien se défendre.

Les missionnaires apprirent que trois chefs indiens avaient succombé. Mais il fut impossible de connaître le nombre des morts et des blessés, parce que les Indiens se feraient hacher en mille morceaux plutôt que d'abandonner un des leurs, mort ou blessé, sur le champ de bataille.

Les Mexicains qui faisaient partie de la caravane, attribuèrent leurs succès à la protection de Dieu et à la présence de Mgr Lamy et des missionnaires. Personne n'avait aucune trace de blessure.

Bientôt il fallut lutter contre un ennemi plus implacable encore que les maraudeurs : le choléra ! Dix Mexicains et une religieuse succombèrent.

Enfin, après de nombreux dangers, des fatigues et des privations de toute sorte, pendant les trois semaines qui suivirent cette bataille, les missionnaires arrivèrent à la partie habitée du diocèse de Santa-Fé. Dès lors, le voyage de-

10

vint une marche triomphale, à travers les po-
pulations heureuses de revoir leur évêque,
qu'elles avaient cru, sur la foi des journaux
américains, tué par les sauvages, dans l'attaque
que je viens de rapporter.

————

QUELQUES OUVRAGES

EN FACE DE LA CRITIQUE

—

LE SUPPLICE D'UNE MÈRE.

1 fort vol. in-12, 2 fr. *franco.*

On lit dans la *France nouvelle :*

Décidément, M. Gondry du Jardinet semble avoir pris à tâche de combattre successivement toutes les aberrations sociales. Naguère il nous donnait à la fois une étude et un drame, dans son ouvrage *Sur le Bûcher, ou le Sort des femmes,* où l'action bienfaisante de la femme chrétienne était mise en parallèle avec les actes malsains de la prétendue libre penseuse. Auparavant, il avait combattu l'esprit de vengeance dans *l'Anneau du meurtrier,* peint les horreurs de la révolution de 1793 dans *le Secret du Château de Rocnoir,* donné le modèle d'un marin, comme il y en a trop peu, dans le *Prisonnier du Czar,* et montré dans *un Drame dans la Forêt noire* la confiance en la protection de Marie jusque sur l'échafaud.

Après avoir rappelé autrefois, dans *la Main invisible,* les angoisses d'un père qui s'expose à la ruine et au déshonneur selon le monde plutôt que de blesser sa conscience et de donner sa fille à un libre penseur, aujourd'hui, dans le nouveau roman qu'il vient de publier : *le Supplice d'une Mère,* il étudie une des plaies les plus communes et les plus funestes de notre société, aussi mercantile et bouffie d'orgueil qu'elle est indifférente en matière religieuse : les mariages d'argent ou de position sociale par lesquels des jeunes et innocentes filles [sont sacrifiées à de hommes blasés. Cette question si délicate est traitée avec beaucoup de finesse et de talent par l'auteur, qui s'est efforcé d'écrire de telle sorte que cet ouvrage, comme tous ceux qu'il a publiés jusqu'à ce jour, puisse être mis dans toutes les mains. Au lieu d'égarer, comme certains auteurs mieux intentionnés que prudents, l'attention des lecteurs, il écarte toute peinture des fautes et réserve toute son action pour révéler dans un drame émouvant les conséquences des aberrations sociales.

—

UNE ATTAQUE NOCTURNE.

Un vol. in-12. Prix : 2 fr. *franco.*

Les pères de famille, les directeurs des pensionnats chrétiens sont souvent en quête de petites pièces qu'ils puissent faire jouer dans des récréations intimes. Aussi, nous nous empressons d'appeler leur attention sur un nouvel ouvrage : *l'Attaque nocturne,* dû à la plume de M Gondry du Jardinet. Outre plusieurs nouvelles fort intéressantes, cet ouvrage renferme quatre pièces en un acte: *L'Attente du père, les Billets de faveur, un Caméléon* et *l'Oncle Nicolas.*

S'adresser à M. Gondry du Jardinet, 32, rue de Vaugirard à Paris.

(*La Femme et la Famille*).

UNE ŒUVRE DE PROPAGANDE

On lit dans l'*Univers*, l'*Union*, la *France nouvelle*, etc., etc. :

« Trop souvent les catholiques perdent de vue les publications qui sont destinées à faire beaucoup de bien en empêchant les journaux antireligieux de se répandre dans les masses. C'est ainsi que presque toutes les revues qui traitent du commerce, de l'industrie, de l'agriculture et de la viticulture, sont entre les mains des adversaires de la religion, qui, sous le couvert de renseignements commerciaux, glissent leurs principes antisociaux.

Il est nécessaire d'user des mêmes procédés pour le bien. C'est le but que s'est efforcé d'atteindre l'*Economiste agricole, viticole, commercial et financier*, qui, en publiant des renseignements commerciaux sûrs, inculque à ses lecteurs les vrais progrès sociaux et religieux dans des *récits*, des *nouvelles* et des *feuilletons* émouvants et dramatiques.

Le titre a été choisi à dessein, afin que nos adversaires ne puissent soupçonner sous cette dénomination une feuille inspirée par les idées religieuses. On peut ainsi aisément faire adopter le journal dans les cafés, par les négociants, etc.

Ce journal hebdomadaire a le format des grands journaux et ne coûte que *7 fr. par an.* »

Afin d'aider à la diffusion des bonnes lectures, l'administration de l'*Economiste* offre à ses abonnés — moyennant 6 fr. — une prime de 13 fr. de volumes à choisir dans un *Catalogue* dont nous publions ci-dessous un *extrait*.

Donc, moyennant 13 fr., on recevra *l'Economiste* pendant un an et pour 13 fr. de volumes.

J. Gondry du Jardinet.

Raoul de Navery.

E. de Margerie.

Le Catalogue *complet* des primes et deux numéros de *l'Economiste* seront envoyés *gratuitement* à toute personne qui en fera la demande.

S'adresser à J. Gondry du Jardinet, 32, rue de Vaugirard, à Paris.

TABLE DES MATIÈRES

115. — Paris-Auteuil, Imp. des Apprentis catholiques. — Roussel.
40, rue La Fontaine, 40.

www.ingramcontent.com/pod-product-compliance
Lightning Source LLC
Chambersburg PA
CBHW070859030726
47504CB00005B/1392